KB262679

대구 경북 시인의 코드

내일을여는지식 어문 39

대구경북 시인의 코드

지현배 지음

KSI 한국학술정보(주)

1

이 책은 대구와 경북 지역의 시인에 대한 탐구서입니다. 안동의 이육사문학관, 대구의 이상화 고택, 왜관의 구상문학관, 안동의 권정생 살던 집, 김천의 백수문학관, 영양의 조지훈문학관, 경주의 동리·목월문학관과 그 주인공들이 중심입니다. 이분들은 대구 경북에 연고를 두고 있지만, 실상은 한국을 대표하는 작가들입니다. 이분들의 작품에 대해 새롭게 읽기를 시도하였습니다. 그리고 문학관 관련 자료를 정리하고, 시비의 사진과 설립 취지 등의 원문을 실었습니다. 중요한 일차 자료지만, 기존의 문헌에 제대로 정리된 것이 드물기 때문입니다.

한국 시사에서 굵은 마디를 그리는 시인들이 많이 계십니다. 우리는 학창 시절에 그분들을 교과서에서도 뵈었습니다. 당시에는 깊이 헤아리지 못했지만, 그때의 경험이 우리 지역 시인들을 찾게 하였습니다. 이들은 하나같이 삶과 시가 겹쳐지는 분들입니다. 이것만으로도 이분들은 우리 문학사의 큰 별이 될 자격이 된다고 봅니다. 이번에 이육사·이상화·김동리·박목월·조지훈·권정생·구상·정완영 시인들의 작품을 찾아 읽고, 그들의 문학관을 찾아가고, 그분들의 삶을 좇으면서, 이분들의 존재 자체가 우리에게는 큰 축복이라는 사실을 깨달았습니다.

10여 년 공부를 하면서, 삶과 시가 겹쳐지는 것은 더없이 소중한 덕목이라는 깨달음을 얻었습니다. 박사학위논문을 쓰면서 윤동주 시인과의 인연이 깊어졌습니다. 한국어로 시를 쓰기가 가장 어려웠던 시기에 그는 한국어로만 시를 썼던 시인이었습니다. 그의 시를 읽고 그의 삶을 알아가면서 '이런 삶'에서 '이런 시'가 나온다는 사실을 발견하였습니다. 우리는 말과 행동이 다른 삶을 사는 세상에 살고 있습니다. 어쩌면 말과 행동이 달라야 잘 살 수 있는 세상인지도 모르겠습니다. 순진하고 양심적인 사람이 살아가기에 세상은 너무 거칠어졌습니다.

2

대구 경북의 시인들을 접한 것은 안동대학교 대학원 강의를 진행하는 것이 계기가 되었습니다. 손병희 선생님께서 기회를 주셨습니다. 대선배이신 손 선생님은 후배들에게 기댈 언덕이 되어 주시는 분입니다. 자주 만남을 같이 하지도 못하고, 때때로 소식도 전하지 못하는 결례를 범하면서 살지만, 존재하는 것만으로도 힘이 되는 존재가 있습니다. 저에게 손 선배님은 그러한 분입니다. 저도 후배나 제자에게 그런 선배나 선생으로 기억될 수 있다면 참 큰 기쁨이겠습니다. 저와 인연이 닿은 후배들에게 저도 삶이나 말이 한결같은 사람으로 기억되면 좋겠습니다.

문학관을 함께 답사하면서 여러 가지 성가신 일들을 도맡아서 하고, 이 책의 원고를 함께 읽으며 지혜를 더해 준 수강생들의 노고가 컸습니다. 유병일, 이임태, 이지은 선생이 그들입니다. 어설프게 시작한 이 일에 이들이 큰 힘이 되었습니다. 역시 '존재하는 것만으로도' 든든한 존재였습니다. 안동으로, 경주로, 왜관으로, 영양과 김천으로, 그리고 대구의 문학관이나 고택을 방문했을 때 도움 말씀과 함께 여러 가지 정보를 주셨던 분들을 잊을 수 없습니다. 일일이 인사를 드려야 마땅하지만, 그러지 못하는 점을 아량으로 헤아려 주시리라 믿습니다.

이 원고들을 세상에 내미는 것은 사실 부끄러운 일입니다. 작품을 제대로 읽고 삶을 제대로 본 것인지 조심스럽기만 합니다. 아마, 틀림없이 곳곳에 오독과 곡해가 있을 것입니다. 그것은 전적으로 저의 불찰입니다. 사실 그분들의 삶이 직조해 낸 깨달음의 경지, 그것을 담고 있는 시의 내밀한 부분을 섬세하게 느끼고 그것의 진면목을 제대로 헤아리기가 쉬운 일이 아니라는 것이 그나마 위안입니다. 비록 부족한 경험과 짧은 생각이 엮어 낸 것이지만, 이것을 나누어야 한다는 생각에서 용기를 내었습니다. 질책과 비난은 차후의 일입니다.

3

저의 은사님들은 정년을 하셨거나 이제 목전에 두고 계십니다. 우리 선생님들은 마흔에 이미 일가를 이루셨습니다. 요즘은 읽어야 할 텍스트의 양도 많아지고 공부하는 기간도 길어졌습니다. 인문학이 인기 있는 분야도 아니고 쉽게 눈을 뜰 수 있는 학문도 아니어서, 저는 마흔이 넘었지만 아직도 갈 길은 멉니다. 그래도 '주위 사람'을 위한 삶을 살아야 한다는 작은 깨달음을 마흔이 되면서 얻었습니다. '나의 성취'가 아니라 다음 세대를 위한 밑알이 되는 길이 보이고 들리게 되었습니다. 늦었지만, 그것을 깨달은 것을 저는 다행스럽게 생각합니다.

목월 선생님의 <가족>이라는 시를 읽었습니다. "지상에는/ 아홉 켤레의 신발./ 아니 현관에는 아니 들깐에는/ 아니 어느 시인의 가정에는/ 알전등이 켜질 무렵을/ 문수가 다른 아홉 켤레의 신발을.//(하략)" 그분이 어떤 삶을 사셨는지 그려졌습니다. 지훈 선생님에 대해서 '한마디로 우리 모두를 부끄럽게 만드는 사람'이라는 왕학수 교수님의 말씀을 신경림 선생님의 책에서 보았습니다. 구상 선생님 역시 그랬고, 동리와 백수 선생님의 삶이 그러합니다. 권정생 선생님의 작품을 읽고 사시던 집을 몇 차례 거듭 찾아가면서 끝내 울고 말았습니다.

집에 들어서면 크기가 다른 신발 세 켤레가 놓여 있습니다. 빨간 것은 저와 결혼하면서 몸 고생 마음고생을 하지 않은 날이 없는 사람이 신습니다. 아침 일찍 일어나 저에게 도시락을 싸 주기도 합니다. 그에게 "사랑한다. 고맙다."고 늘 말하고 싶습니다. 파란 신발의 주인은 사춘기 몸살을 심하게 앓고 있습니다. 승영이에게도 용기를 내서 "사랑한다. 힘내라."라고 맘에 담고 있는 말을 꼭 해 주어야 합니다. 노란 신발을 신는 아이의 일기장을 가끔 봅니다. 하루가 다르게 쑥쑥 자라고 있습니다. "사랑한다. 호영아." 작은 아들은 오늘 어떤 재롱을 떨까요.

2009년 초가을
지현배 올림

■ 차례

그림 차례

제 1 부

1. 이육사: 광야에 울리는 초인의 노래

이육사 시인은 대표적인 저항 시인이다. 시인의 이력으로도 독립 운동을 했던 투사이며 행동하는 실천가였음이 확인된다. 작가의 체험이 작품에 반영되는 것은 당연하므로 시인의 작품에는 저항성이 대표적인 코드이다. 그러나 그의 시가 저항으로만 읽히지는 않는다. <바다의 마음>에서 눈에 보이는 것이 다가 아니라는 메시지를 던지며 현실 인식의 정교함을 요구한다. 시인의 시를 더 유연한 눈으로 보고, 더 섬세하게 결을 살피고 느끼는 노력이 필요한 시점이다. 시의 의미가 화석화되면, 그것이 아무리 견고하다 해도, 결국 시를 과거에 가두고 시인의 생명을 시들게 하기 때문이다.

육사의 걸작 <절정>에서 '무지개'는 암담한 현실 속에서 상상의 힘으로 그리는 희망으로 피어난다. <청포도>에서 '청포'는 지친 몸으로 찾아오는 손님이다. 고난을 극복하고 돌아오는 그는 모든 사람이 기다리던 희망의 메신저다. 육사 시의 정점에 있는 <광야>에서 보듯 초인은 희망의 완성이다. 그것이 환기하는 이미지는 우리 민족, 신성성, 완결성, 강함, 믿음, 평화 등이다. <광야>는 유작으로 세상에 알려졌다. 그의 짧은 생애가 우리에게 더없이 큰 손실이라는 것은 문학사적으로도 그렇다. 시인이 그리던 세상과 시인이 꿈꾸던 세계가 그 작품 속에 담겨 있으리라는 믿음 앞이 우리가 지금 선 자리다.

1.1 대표 작품

〈青葡萄〉[1]

내 고장 七月은
청포도가 익어가는 시절

이 마을 전설이 주절이주절이 열리고
먼데 하늘이 꿈꾸며 알알이 들어와 박혀

하늘 밑 푸른 바다가 가슴을 열고
흰 돛 단 배가 곱게 밀려서 오면

내가 바라는 손님은 고달픈 몸으로
淸泡를 입고 찾아 온다고 했으니

내 그를 맞아 이 포도를 따 먹으면
두 손은 함뿍 적셔도 좋으련

아이야 우리 식탁엔 은쟁반에
하이얀 모시 수건을 마련해 두렴

『文章』, 1939년 8월

<청포도>는 육사의 대표작품으로, 1993년 안동시 원촌리 생가 터에 세워진 시비에도 이 작품이 새겨져 있다. 두 행씩 여섯 개의 연으로 형식이 정돈된 작품이다. 육사는 퇴계 집안의 후손으로 7세 때부터 한학을

---

1) 김용직·손병희 편저, 『李陸史全集』, 깊은샘, 2004, 34-35.

배웠고, 일제가 한글 사용을 규제하자 1943년에는 한시만 발표하기도 했다. 이런 정황으로 볼 때, 육사 시의 대부분이 형식에서 정갈함을 보이는 것은, 정형의 율격을 특징으로 하는 한시나 시조의 영향일 수도 있겠다. 특히 이 시의 마지막 연에 등장하는 '아이야'는 시조의 종장 첫 구절과 같은 특징을 보여 주고 있다.

1연에서 제시된 '청포도가 익어가는 고향의 7월'은, 이것만으로는 고향의 풍경을 기술하는 것이지만, '마을의 전설'이 열리고 '하늘의 꿈'이 박히는 2연에 이르면, 사회적 맥락을 형성하게 된다. 물론 '마을'은 고향 마을이기도 하고, 경상도나 한반도 등으로 시적 확장이 가능하다. 7월이라는 시간은 한정되어 있지만, 그것이 청포도가 '익는' 시기라는 의미를 획득하게 되면, 단순히 열두 달 중에 일곱 번째의 여름 한 달의 의미를 뛰어넘게 된다. 그리고 그 시간적 배경이 '마을'과 '하늘'이라는 공간과 결합하게 되면, 의미의 층위가 더 깊어진다.

마을의 전설이 '주절이주절이' 열린다는 구절에 주목한다면, '일상인의 일상'이 주요 화두로 자리 잡게 된다. 하늘이 꿈꾸며 '알알이' 박히는 것은 소망이 영그는 또는 희망이 현실이 되게 하는 의미를 형성한다. 그것이 셋째 연으로 이어지면서 그런 문맥을 확인시키고 있다. '바다가 가슴을 열고', '돛 단 배가 밀려서 오는' 것은 때가 되었음을 의미한다. 꿈이 무르익었음을 나타내는 표현이다. 포도가 익어 색깔이 짙어지고 사방으로 향이 퍼져 나가는 것처럼, '가슴'을 연 바다로 돛단배가 순항하는 것에서 '순리'와 '때'를 감지할 수 있다.

4연에서 '청포(淸泡)'를 입고 오는, 바라던 손님이 등장한다. 그간 이 시의 중심으로 이야기되던 곳이고, 실제 '청포'는 작품의 핵심어이다. 손님의 등장은 2연에서 전설과 꿈의 이름으로 예언된 것이 실현되는 시점이다. 4연은 난관을 극복하는 실천의 과정과 그것의 결과를 보여 주고 있다. 정갈하고 단정함을 의미하는 '청포(淸袍)'는 마침내 '이루었다'는 결과를, '고달픈 몸'은 헌신과 희생으로 행하는 그 길이 '고난의 길'이자 험난한 과정이었음을 보여 주는 표현이다. 아무나 걸을 수 있는 길이 아니고, 쉽게 얻어지는 결과가 아님이 드러나고 있다.

여기서 포도를 따 먹는 행위는 예언의 '실행'이다. 전설과 꿈으로 예비되었던 것을 현실 속에서 이루게 되는 행위가 '그'와 함께 '먹는' 것으로 표현되고 있다. 이렇게, 모든 사람의 오랜 꿈이 실현되는 일이니만큼 손을 '함뿍' 적시기를 마다하지 않을 수 있다. 몸을 아끼지 않으리라는 의지가 그려진다. 이 시에서 우리는, 집안을 찾은 손님을 극진히 대접하는 선비 가문의 전통으로 이해할 수 있다. 교과서의 해석을 비롯하여 여러 연구자들이 해석한 것처럼, 당대의 사회적 맥락을 적용시켜 조국의 광복으로 이해해도 어색함이나 부족함이 없다.

〈바다의 마음〉[2]

물새 발톱은 바다를 할퀴고
바다는 바람에 입김을 분다.
여기 바다의 恩寵이 잠자고잇다.

힌돛(白帆)은 바다를 칼질하고
바다는 하늘을 간절너본다.
여기 바다의 雅量이 간직여잇다.

---

2) 김용직 · 손병희 편저, 앞의 책, 78.

날근 그물은 바다를 얽고
바다는 大陸을 푸른 보로싼다.
여기 바다의 陰謀가 서리워잇다.

二月 二十三日
[유작원고]

이육사문학관의 안내에 따르면, 원고지에 쓴 육사의 육필 원고로 온전히 남아 있는 것으로는 <바다의 마음>이 유일하다고 한다. 이 작품은 1974년에 유고로 발견되었다. 첫째 연과 둘째 연은 병렬의 관계에 있고, 이들과 셋째 연이 대립의 관계를 형성하는 구조이다. '물새 발톱'이 바다를 할퀴고 '흰 돛'이 바다를 칼질하는 괴롭힘을 당하고도 바다는 '포용'하고 '아량'으로 대한다는 내용이다. 쉽게 화내거나 작은 피해에 민감하게 반응하지 않는 대범함으로 그려지는 것이 바다이다. 일면 포용력이 크다는 것이 강조되고 있다.

그러나 3연에서 그려지는 내용은 그 앞에서 보이는 것과는 다른 모습이다. 1, 2연은 소재는 다르지만, 각 연의 핵심어인 '아량'과 '포용'은 동일한 궤를 형성한다. 여기에는 배려와 공생의 논리가 내재되어 있다. 그러나 3연에서 바다는 내륙을 보로 싸는 존재다. 이는 공생의 관계가 아닐 뿐만 아니라 1, 2연에서 형성한 이해와 배려의 관계를 훼손하고 있다. 시인은 그것을 '음모(陰謀)'라고 규정한다. 바다는 작은 것에는 아량을 베풀지만, 발톱을 숨긴 맹수의 모습으로 대륙을 삼키려 든다. 현실은 '푸른 바다', '흰 구름'의 동화 속 세계가 아님을 그린 작품이다.

〈絕頂〉3)

　　매운 季節의 채쭉에 갈겨
　　마츰내 北方으로 휩쓸려오다

　　하늘도 그만 지쳐 끝난 高原
　　서리빨 칼날진 그 우에서다

　　어데다 무릎을 꿇어야 하나
　　한발 재겨 디딜곳조차 없다

　　이러매 눈 감아 생각해 볼밖에
　　겨울은 강철로 된 무지갠가 보다

『文章』, 1940년 1월

　＜절정＞은 육사의 대표작 중 하나이고, 그를 저항시인이라는 이름으로 부를 때, 논란의 여지없이 그 이름값을 증거하는 작품이기도 하다. 이육사문학관에 육사의 동상과 함께 세워진 시비에도 이 작품이 새겨져 있다. '절정'은 사전적인 의미로도 최고조로 달한 극한의 상황인데, 일상에서 '기쁨의 절정' 등과 같은 분위기와는 사뭇 다르다. '매운, 채찍, 서릿발, 칼날, 무릎 꿇음, 겨울, 강철' 등 동원된 시어들이 주는 인상도 한결같다. 유일하게 '무지개'가 이들과 다른 느낌의 단어이지만, 이 역시 '강철로 만들어진'이 환기하는 이미지에 종속되고 있다.

　이 작품을 기승전결의 구조로 분석하거나 각 연이 횡적으로 대응하는 두 개의 의미망에 의해 연결된다고 보기도 한다.4) '매운 계절의 채쭉'은

---

3) 김용직·손병희 편저, 앞의 책, 29.

현실적 시련을 의미한다. '매운'을 사용함으로써 추운 겨울보다 한층 가혹한 느낌을 형성한다. '북방'은 그런 상황의 악화 내지 극한의 점에 다가감을 나타낸다. 그것이 둘째 연에서는 '고원'으로 강화된다. 그곳은 '하늘'도 지친 곳으로 칼날 같은 '서리빨' 위에 선 상황이다. 하늘이 끝나는 상황은 '하늘이 무너진'이 형성하는 의미와 상통한다. 한 줌 희망마저 남아 있지 않는 극한의 상황이 되었다.

서 있는 자리에서 한 발 옮겨 디딜 공간도 없는 상황은, 사막 한가운데서 아무리 짜도 물 한 방울 나오지 않는 마른 수건의 비유를 떠올리는 표현이다. 꼼짝할 수 없는 암담한 현실이다. '무릎 꿇는'이 생성하는 일반적인 의미는 굴복이다. 그러나 이 시에서 이런 의미는 '발붙일' 틈이 없다. 고통의 극한, 절망의 정점에 이른 상황이지만, 매운 계절에 북방의 끝에서 경험하는 칼날 같은 서릿발은 '굴복'을 위한 여정과는 어울리지 않는다. 동서고금을 막론하고 '종'에게는 자유가 박탈될지언정 빵과 잠자리가 보장되기 때문이다.

참담한 현실에 뜨는 무지개는 일종의 희망이고 탈출구임에 틀림없다. 그러나 강철로 된 무지개는 '아름다운' 혹은 '포근하고 황홀한'이라는 무지개 본래의 뜻에서 멀어져 있다. 작품에서의 무지개는 서릿발 칼날진 곳에서 환기하는, 상상 속에서 발견하는 것이다. 그것도 강철로 된 것이다. 한겨울의 강철은 그것 본래의 단단하고 강한 이미지와 함께, 차갑고 섬뜩한 느낌을 생성한다. 감당하기 어려운 현실, 나아질 여지가 남지 않은 현실에서 시인이 취할 수 있는 선택은 눈 감는 것뿐이다. '상상'의 힘으로 '강철' 같은 의지를 무지개 '칼날'에 싣고 있다.

---

4) 이승훈, 『한국 현대시 새롭게 읽기』, 세계사, 1996. 138.

〈曠野〉5)

까마득한 날에
하늘이 처음 열리고
어데 닭 우는 소리 들렷스랴

모든 山脈들이
바다를 戀慕해 휘달릴때도
참아 이곳을 犯하든 못하였으리라

끊임없는 光陰을
부즈런한 季節이 피어선 지고
큰 江물이 비로소 길을 열었다

지금 눈 나리고
梅花香氣 홀로 아득하니
내 여기 가난한 노래의 씨를 뿌려라

다시 千古의 뒤에
白馬타고 오는 超人이 있어
이 曠野에서 목놓아 부르게 하리라

『陸史詩集』, 서울출판사, 1946년

    다섯 연으로 구성된 <광야>는 각 연이 3행으로 짜여 있고 각 행의 서술 형태도 일관되어 있다. 형식의 정돈이 돋보이는 육사 시의 특징을 잘 드러내는 작품이다. 쓰인 시기는 아직 밝혀지지 않았는데, 시인의 생전에 발표되지 않은 것으로 보아, 비교적 후기에 창작된 것으로 여겨진

---

5) 김용직·손병희 편저, 앞의 책, 54 – 55.

다. 작품이 담고 있는 내용이나 그것의 스케일로 보아도 육사의 시 세계를 포괄적으로 대표하고 있는 작품으로 손색이 없다. 육사의 시비들 중 처음으로 세워진 시비에도 <광야>가 새겨졌다. 1968년 낙동강변에 세웠다가 지금은 민속촌에 옮긴 것[6]이 그것이다.

하늘이 열리는 것에서 열림은 '시작'이다. 그것은 시간의 시작일 뿐만 아니라 공간의 열림이다. 이것의 시작은 '눈뜸'이기도 하다. 그것은 심봉사가 눈 뜨는 순간이 새 세상의 시작이듯, 그전과는 전혀 다른 새로운 세계가 열림을 의미한다. 이런 맥락에서 본다면 닭 우는 소리에 대한 기존의 논란[7]은 핵심적인 문제가 아니다. 시간이 시작되고 공간이 펼쳐지면서 생성된 것이 '광야'이다. 시인이 2연에서 표현하고 있는 것을 빌리자면, 그것은 '감히 범할 수 없는' 신성성을 내포하고 있다. 광야라는 어휘에 내재된 광활함에 더해서 시인은 신성성을 창출한다.

끊임없는 광음에서 '광음(光陰)'은 계절의 바뀜, 시간의 흐름이다. 3연에서 이야기하는 것은 반복이 일궈 낸 성과로서의 '길'이다. 여기서 반복은 주기에 따라 차례를 맞이하는 단순 반복이 아니다. '피어서 지는 계절'은 '변화'를 잉태하고 있다. 그 변화는, 강물이 쉼 없이 흐르고 있되, 올봄의 물은 지난겨울의 그 물이 아닌 것과 같다. 이 작품 <광야>라는 그릇으로 시인이 담은 것은 세상의 시작점에서부터 시간과 우주로 뻗어 가는 광활한 공간에 감히 범하지 못하는 신성성까지이다. 그 담대함과 포부에 감히 견줄 만한 것이 없다.

4연에서 눈 내리는 현실은 현재의 어둠이다. 그러나 '광음'이 피어선

---

6) 김희곤, 『새로 쓰는 이육사 평전』, 지영사, 2000, 14 - 16.
7) 이승훈, 앞의 책, 144 - 145.

지듯, 지금의 어둠은 지고 밝음이 피어날 것은 주지의 사실이다. 매화 향기가 가득하다는 것이 그것을 뒷받침하고 있다. 매화 향을 맡을 수 있다는 것은 매화가 이미 어딘가에 피었다는 것이다. 다만, 지금 눈앞에서 꽃을 볼 수 없을 뿐이다. 닭의 목을 비트는 것으로 아침이 오는 것을 막을 수 없는 것과 같다. 지금 비록 어두운 현실이지만, '씨를 뿌리는' 것은, 씨가 열매를 예비하는 것이기 때문이다. 뿐만 아니라 씨 뿌림은 결실에 대한 '염원'과 의지의 표현이기도 하다.

천고의 뒤에 열리는 세상이 '조국 독립' 정도에 한정된다면 그것은 육사의 시답지 못하다. 육사가 태초의 시간과 공간의 열림으로 시작하는 스케일을 기억해야 한다. 그리고 현재 뿌린 씨앗이 천고의 뒤에 피워 낼 노래를 상상한다면, 그 길의 문을 여는 '초인'의 등장에 주의를 기울인다면, 더욱 그렇다. 백마 타고 오는 초인은 청포 입고 오는 손님과 연결되지만, 초인은 스케일이 더 크고 담대하며 현실 인식이 견고하다. 손님이 매년 7월에 찾아온다면, 초인은 다시 하늘이 열릴 때 찾아온다. 단위와 스케일이 비교되지 않는다.

육사의 대표작들 중에서도 <광야>가 남성적이라면 <청포도>는 여성적이다. 그런 구도로 본다면 <절정>과 <바다의 마음>도 짝을 이룰 수 있다. 육사가 독립 운동을 했던 투사이며 행동하는 실천가임에 분명하다. 그런 체험이 작품에 반영되는 것은 당연하지만, 육사의 모든 시를 독립이나 항일의 '외길'로 이해하려는 태도는 자칫 시인으로서의 육사의 가치를 훼손할 수 있음을 생각할 시점이 되었다. <광야>에서 보듯, 식민지 조국 현실의 극복 정도의 의미로 읽는 것은 육사를 읽기에는 너무 옹색한 그릇이라는 반성도 해야 할 시점이다.

끊임없이 반복하는 강물이 '길'을 내듯이, 그 길로 쉼 없이 물이 흐르면서 길이 넓어지고 샘이 더 깊어지듯이 육사의 시를 읽는 오늘날의 독자들이 작품 하나하나를 읽는 행위도 시인의 영혼과 소통하는 길을 내는 의미 있는 노력이다. 그가 떠난 이 자리에서도 우리는 그와 함께 숨 쉬고 있다. 시공을 초월하여 시의 끈으로 연결되었기 때문이다. 육사의 평전을 쓴 김희곤 교수는 초인이 곧 '육사 자신'이라고 주장했다.[8] 육신은 소멸하지만 생체 유전자가 후손에게로 이어지듯이, 문학의 유전자도 작품을 통해 울려 퍼지기 마련이다.

앞에서 살핀 <바다의 마음>에서 시인은 '음모'를 통해 현실 인식의 정교함을 요구하고 있다. 눈에 보이는 것이 다가 아니라는 메시지를 던지는 것이다. <절정>에서 '무지개'는 암담한 현실 속에서 상상의 힘으로 그리는 희망이다. <청포도>에서 '청포'는 지친 몸으로 찾아오는 손님이다. 고난을 극복하고 당도하는 그는 모든 사람이 기다리던 희망의 메신저다. <광야>에서 초인, 백마 타고 오는 그는 희망의 완성이다. 그것이 환기하는 이미지는 우리 민족, 신성성, 완결성, 강함, 믿음, 평화 등이다. 육사 시의 정점은 <광야>이고, 육사 시의 키워드는 단연 '초인'이다.

---

8) 김희곤, 앞의 책, 225.

1.2 이력과 작품 목록

연보9)

1904년 5월 18일(음 4월 4일) 경북 안동시 도산면 원천리(당시 원촌
　　　동) 881번지에서 진성 이씨 이가호(李家鎬, 퇴계 이황의 13대
　　　손)와 허형(許)의 딸인 허길(許吉) 사이에 차남으로 출생. 어릴 때
　　　이름은 원록(源祿), 두 번째 이름이 원삼(源三), 자는 태경(台卿).
1909년 조부 치헌 이중직(痴軒 李中稙)에게서 소학 배우기 시작.
1916년 조부 별세, 가세가 기울기 시작. 한문학 수학. 이 무렵 보문의
　　　숙에서 수학. 안동시 녹전면 신평리 듬벌이로 이사.
1919년 도산공립보통학교(보문의숙을 공립으로 개편) 1회 졸업.
1920년 부모를 비롯한 가족 모두 대구(남산동 62번지)로 이사. 석재
　　　서병오(石齋 徐丙五)에게서 그림을 배움, 동생 원일(源一)은
　　　글씨를 배워 일가를 이룸.
1921년 영천군 화북면 오동(梧洞) 안용락(安庸洛)의 딸 일양(一陽)과
　　　결혼. 처가에서 가까운 백학학원(1921년 설립)에서 수학.
1923년 백학학원에서 교편생활(9개월 동안).
1924년 4월 학기에 맞추어 일본 유학. 토교쇼오소쿠(東京正則)예비학교,
　　　니뽄(日本)대학전문부, 킨죠우(錦城)고등예비학교 1년간 재학.

---

9) 이육사문학관(http://264.or.kr/) 자료를 토대로 했고, 1986년 이후는 김용직・손병희 편저, 앞의 책
　(412)에 따랐다. 김희곤이 평전에서 정리한 것과 이육사문학관의 것이 부분적으로 차이가 있고, 김용
　직・손병희의 것과도 차이를 보이는 부분이 있다. 태어난 날과 출생지의 번지가 다르게 표기되어 있
　다. 차이가 있는 것은, 문학관의 자료를 우선으로 취하고, 나머지는 보완하는 자료로 활용했다.

1925년 1월에 귀국, 대구 조양회관을 중심으로 활동. 이정기·조재만
　　　　등과 어울리며 베이징 나들이.

1926년 베이징에서 수학. 광뚱성 광저우 쭝산대학(中山大學)에서 후
　　　　학기 수학(이활李活 이름 사용).

1927년 쭝산대학에서 전 학기 다니다가 여름에 귀국. '장진홍의거(10
　　　　월 18일)'에 연루되어 구속.

1929년 5월에 석방(12월에 무혐의로 종결). 중외일보 기자.

1930년 1월 3일 첫 시(詩) <말>을 조선일보에 발표(이활), 아들 동윤
　　　　(東胤) 출생(만 2세에 사망). 10월 ≪별건곤(別乾坤)≫에 이활
　　　　(李活)·대구이육사(大邱二六四) 이름으로 <대구사회단체개
　　　　관(大邱社會團體槪觀)> 발표.

1931년 1월에 '대구격문사건'으로 구속, 3월 석방. 잦은 만주 나들이.
　　　　3개월 머물다 연말에 귀국. 8월 조선일보사 대구지국 근무.

1932년 베이징, 텐진에 머묾. 10월 10일 난징 근교 탕산에서 문을 연
　　　　조선혁명군사정치간부학교 1기생 학원(學員)으로 입교.

1933년 4월 20일 1기생으로 졸업(26명), 졸업식에 연극 공연. 6월에
　　　　상하이에서 뤼신(魯迅) 만남. 7월에 서울로 잠입.

1934년 4월에 『대중(大衆)』 창간호에 평문 <자연과학(自然科學)과
　　　　유물변증법(唯物辨證法)> 게재. 3월 22일 군사간부학교 출신
　　　　드러나 구속. 6월 기소유예 의견으로 석방. 시사평론 다시 집
　　　　필 시작.

1935년 정인보 댁에서 신석초 만나 친교. 다산 정약용 서세 99주기
　　　　기념 『여유당전서』 간행에 참여. 신조선사(新朝鮮社)의 『신조

선(新朝鮮)』 편집에 참여. 본격적으로 시(詩) 발표.

1936년 7월 동해송도원(포항 소재)에서 휴양.

1937년 서울 명륜동에서 거주. 시사에서 문학으로 평문 성격 바뀜.

1938년 신석초·최용·이명룡 등과 경주 여행. 가을에 신석초와 부여
　　　　관람.

1939년 종암동 이사, <청포도(靑葡萄)> 발표.

1940년 시 <절정>, <광인의 태양> 등 발표.

1941년 2월 딸 옥비(沃非) 출생. 폐질환으로 성모병원 입원. 부친상.

1942년 2월 성모병원 퇴원, 모친과 백형 별세하여 원촌 큰집으로 귀
　　　　향. 7월 신인사지(神印寺址, 옥룡암玉龍庵)에서 요양. 서울 수
　　　　유리 거주.

1943년 1월 신정에 석초에게 베이징 행 밝힘. 한글 사용 규제받자 한
　　　　시(漢詩)만 발표. 4월에 베이징으로 감. 충칭과 옌안 행 및 국
　　　　내 무기 반입 계획 세움. 7월 모친과 맏형 소상에 참여하러
　　　　귀국, 늦가을에 피검, 베이징으로 압송. 베이징 주재 일본총영
　　　　사관경찰에 구금된 것으로 추정.

1944년 40세 1월 16일 새벽, 베이징주재 일본총영사관 감옥에서 순
　　　　국. 동지이자 친척인 이병희 여사에 의해 시신 거두어져 장례
　　　　치러짐. 원창에게 유골 인계되어 미아리 공동묘지에 안장.

1945년 동생 원조에 의해 유시(遺詩) <꽃>, <曠野>가 소개됨.

1946년 1월 16일 인천 송현동(松峴洞) 동생 원창의 집에서 대상을 지
　　　　내고 집안이 모인 자리에서 원창의 셋째 아들 동박(東博)을
　　　　후사(後嗣)로 결정.

1946년 10월 20일, 여러 지면에 흩어진 시고(詩稿)와 유고 등 20편의
작품을 모은 『육사시집(陸史詩集)』을 서울 출판사에서 발간.

1956년 4월 10일 서울 범조사에서 미발표 유고 <편복>과 수필 「산
사기(山寺記)」를 추가한 『육사시집』을 다시 간행.

1957년 가을, 대구 한양 다실에서 「육사 추도의 밤」 개최. 조지훈의 「육
사의 민족 운동」, 김종길의 「육사의 시」 등의 강연과 박양균
의 추도시 <초인(超人)에의 노래> 낭독 등.

1960년 봄 유해를 고향 원촌으로 이장.

1964년 음력 4월 초 4일 환갑을 맞아 장조카 동영(東英)이 시비 건립
운동을 펴고 신석초(申石艸)·이효상(李孝祥)·조지훈(趙芝熏)
등의 협조를 얻어 '이육사 선생 기념비 건립위원회'를 조직.
시집을 『청포도』라 개제하여 서울 범조사에서 9월 15일자로
다시 발간. 8월 16일 안동에서 육사 시비 건립 기념 강연회.
가을 딸 옥비(沃非)가 경산 사람 양진호(梁振鎬)에게 출가.

1968년 5월 5일 어린이날 안동 낙동강가에 「육사 시비(詩碑)」 제막.
시비 전면에는 유시 <광야>를 새기고 비문을 조지훈(趙芝
熏)이 짓고 전면 글씨는 김충현(金忠顯)이 쓰고 뒷면 글씨는
배길기(裵吉基)가 씀.

1974년 미발표 유고 <바다의 마음>과 난초 그림 두 폭 새로 발굴.
육사가 직접 신석초(申石艸)에게 준 것으로서, 「나라사랑」 16
집 특집을 계기로 발굴. 석초가 등초해 두었던 한시(漢詩) 몇
편의 연대는 1937년 「자오선(子午線)」 동인(同人) 때로 추정.

1986년 김학동이 『이육사전집』(새문사)을, 심원섭이 『원본 이육사전집』

(집문당)을 간행.

1992년 2월 이동영이 평전을 곁들인 『이육사 전집』(문학세계사) 간행.

2000년 12월 김희곤이 전기적 연구인 『이육사 평전』(지영사) 간행.

2002년 11월 22일 <산>, <화제>, <잃어진 서울> 등 세 편이 중앙일보를 통해 재발굴.

2004년 이육사 탄신 100주년 기념행사가 문화부와 안동시, 경상북도의 지원으로 개최. 그 일환으로 김용직·손병희의 『이육사전집』(깊은샘) 간행.

2004년 이육사문학관 개관.

시집 목록10)

이원조(편), 『육사시집』, 서울출판사, 1946.

이동영(편), 『육사시집』, 범조사, 1956.

이육사선생 기념비건립위원회(편), 『청포도』, 범조사, 1964.

이동영(편), 『광야』, 형설출판사, 1971.

이원록, 『이육사시문집』, 서문당, 1972.

어문각, 『신한국문학전집』 35, 어문각, 1973.

이원록, 『이육사』, 정음사, 1974.

이원록, 『이육사전집』, 정음사, 1975.

이육사, 『이육사시선』, 민음사, 1978.

이육사, 『광야』, 민음사, 1977.

---

10) 이육사문학관(http://264.or.kr/) 자료를 토대로 했고, 2000년대의 것은 필자가 추가했다.

서문당, 『이육사시문집』, 서문당, 1977.

문화공론사, 『육사·홍사용』, 문화공론사, 1977.

이육사, 『청포도』, 서림문화사, 1977.

김종철(편), 『이육사·윤동주』, 지식산업사, 1980.

김종해(편), 『광야에서 부르리라』, 문학세계사, 1981.

최동호(편), 『그칠 줄 모르고 타는 나의 가슴』, 시인사, 1982.

김명수, 『이육사』, 일월서각, 1982.

이수화(편), 『이육사·박목월의 명시』, 한림출판사, 1983.

김종욱(편), 『청포도의 계절』, 혜원출판사, 1984.

지식산업사, 『한국현대시문학대계』, 지식산업사, 1984.

명지사, 『이육사의 청포도』, 명지사, 1985.

이육사, 이상화, 김상용 공저, 『목놓아 부르리라』, 어문각, 1985.

한용운, 이육사, 윤동주 공저, 『민족시인 삼인시집』, 민예사, 1985.

김학동, 『이육사전집』, 새문사, 1986.

범우사, 『이육사의 시와 산문』, 범우사, 1986.

심원섭(편), 『원본 이육사전집』, 집문당, 1986.

이육사, 『청포도』, 문지사, 1986.

윤동주·이육사, 『윤동주 이육사의 명시』, 혜원출판사, 1986.

이육사, 『목놓아 부르게 하리라』, 융성출판, 1986.

한용운, 이상화, 이육사, 윤동주, 『민족시인 시전집』, 청담문학사, 1986.

혜원출판사, 『윤동주 이육사의 명시』, 혜원출판사, 1986.

이육사, 『육사시집』, 한국학연구소, 1987.

이육사, 『청포도』, 자유문학사, 1987.

이육사, 『광야에서 목놓아 부르리라』, 범조사, 1987.

자유문학사, 『청포도』, 자유문학사, 1988.

황성문화원편집부(편), 『이육사시집』, 황성문화원, 1988.

이육사, 『절정의 꽃』, 열음사, 1989.

이육사, 『광인의 태양』, 문학사상사, 1989.

이육사, 『청포도』, 고려원, 1989.

이육사, 『이육사시전집』, 고려서원, 1990.

이상화·이육사, 『이상화·이육사』, 전우, 1991.

이육사, 『이육사시집』, 동하, 1991.

이육사, 『광야』, 미래사, 1991.

이육사, 『이육사시집』, 나나, 1993.

이육사, 『청포도』, 태학당출판사, 1994.

진명문화사, 『윤동주·이육사 시전집』, 진명문화사, 1994.

이육사, 『청포도』, 인문출판사, 1996.

안우식(옮김), 『이육사시집』, 동경, 강담사, 1999.

김용직·손병희 편저, 『이육사전집』, 깊은샘, 2004.

박현수, 『원전주해 이육사 시전집』, 예옥, 2008.

시 발표 연대기[11]

1930년 1월 <말> 조선일보.

1935년 6월 <춘수삼제>, 신조선.

____

11) 이육사문학관에서 발행하는 안내물에 따랐고, 한시 3편과 시조 한 수는 제외했다.

1935년12월 <황혼>, 신조선.

1936년 1월 <실제>, 신조선.

1936년12월 <한개의 별을 노래하자>, 풍림.

1937년 4월 <해조사>, 풍림.

1937년12월 <노정기>, 자오선.

1938년 4월 <초가>, 비판.

1938년 7월 <강 건너간 노래>, 비판.

1938년 9월 <소공원>, 비판.

1938년11월 <아편>, 비판.

1939년 3월 <연보>, 시학.

1939년 3월 <호수>, 시학.

1939년 3월 <남한산성>, 비판.

1939년 8월 <청포도>, 문장

1940년 1월 <절정>, 문장.

1940년 1월 <소년에게>, 시학.

1940년 3월 <반묘>, 인문평론.

1940년 4월 <광인의 태양>, 조선일보.

1940년 5월 <일식>, 문장.

1940년 9월 <교목>, 인문평론.

1940년10월 <서풍>, 삼천리.

1941년 1월 <독백>, 인문평론.

1941년 4월 <아미>, 문장.

1941년 4월 <자야곡>, 문장.

1941년 4월 <서울>, 문장.

1941년12월 <파초>, 춘추.

연대미상 <산>, <화제>, <잃어버린 고향>, <광야>, <꽃>, <나
의 뮤-즈>, <해후>, <바다의 마음>, <편복>

1936년 8월 [시조] <옥룡암에서 신석초에게>

1943년   [한시] <근하 석정 선생 육순>

1943년   [한시] <만등동산>

1943년   [한시] <주난홍여>

1.3 문학관과 시비 풍경

이육사문학관

이육사문학관은 경북 안동시 도산면 원천리 불미골에 자리 잡았다. 안
동시가 육사 탄신 100주년 기념사업의 일환으로 이육사문학관 건립위원
회를 구성하여 2004년 7월에 건립하였다. 2층 규모의 전시 시설에서 육
사의 생애와 문학 세계를 접할 수 있다. 원천리는 육사의 고향으로 옛
지명은 원촌(遠村)마을이다. 여러 갈래의 산줄기가 마을을 감싸고 있고,
낙동강이 휘돌아 나가는 오지탄금형(五指彈琴形)의 형국이다. 마을 앞
왕모산은 홍건적 침략 때 공민왕의 어머니가 피난하였다는 이야기가 전
해지는 곳이기도 하다.

이육사문학관 전경12)

육사의 생가는 1975년 안동댐이 건설되면서 댐의 만수선에 걸려 안동시 태화동 포도골로 옮겨졌다. 1993년에 생가 터에 청포도 시비와 '육우당유허지비시비'를 세워 현재의 모습이 되었다. 문학관 뒤편에는 생가의 모형인 '육우당(六友堂)'이 있어 원형을 짐작해 볼 수 있다. 그리고 문학관 뒤편 산 쪽으로 난 길을 따라 오르면, 낙동강이 훤히 내려다보이는 곳에 자리 잡은 육사의 묘소가 있다. 서울 미아리 공동묘지에서 1960년 봄에 현재의 자리로 이장하였는데, 부인인 안일양 여사와 쌍분으로 나란히 모셔져 있다.

지금의 육우당은 육사의 여섯 형제들이 태어나고 자란 곳이라 하여 근래에 이름 붙인 것이다. 생가의 모형 앞에 서면 육사가 나고 자란 자취가 더 궁금해진다. 그런 점에서 생가에 대한 아쉬움은 여전히 남는다. 문학관을 방문하여 주변을 둘러보고 근처에 있는 생가 터를 찾아보면,

---

12) 이육사문학관, http://264.or.kr/

시내로 옮겼던 생가도 원래 자리로 옮겨 원형을 복원했으면 하는 바람을 가지게 된다. 이런 일에는 여러 가지 이해관계가 얽히게 마련이지만, 원래의 모습을 유지하고 회복하는 것이 순리라는 점을 생각하면, 관계된 분들이 뜻을 모으게 되길 기대해 본다.

문학관에는 <절정>이 새겨진 시비와 육사의 동상도 있다. 작품 <절정>을 낳은 칼선대와, <광야>의 시상이 떠오르는 윷판대 등이 문학관 근처에 있다. 문학관의 살림을 맡아 보고 있는 이위발 사무국장의 설명에 따르면, 문학관에서 바라보이는 왕모산 5부 능선을 비껴 서 있는 칼선대는 깎아지른 듯한 바위 절벽이다. 그곳에 서면 '서릿발 칼날진 그 위에 서다'라는 긴장감을 몸으로 느낄 수 있다. 당재고개에서 오른쪽으로 가면 산중에 윷판대가 있다. 절벽 높은 곳에서 바라보는 광활한 풍경은 '큰 강물이 길을 열었다.'는 구절을 떠올리게 한다.

육사 동상과 <절정> 시비

시비

육사의 시비로는 우선 안동댐 입구의 민속촌에 세워진 <광야> 시비를 들 수 있다. 이 시비는 1964년 4월에 낙동강변에 건립되었던 것인데, 이후 지금의 민속박물관 자리로 옮겨졌다. 이 시비 뒷면의 글은 영양의 시인 조지훈이 썼는데, 건립 당시 기초 자료의 부족으로 육사의 이력 등에 잘못된 정보가 포함되어 있다.[13] 그러나 이것이 교정되지 않고 여전히 유통되고 있는 것은 문제다. 시비에 새겨진 문구를 수정하는 것에 현실적인 어려움이 있다면, 안내판이나 소개 책자 등을 통해서라도 공지가 필요하다. 시비의 공신력을 가볍게 여길 수 없는 일이다.

민속박물관의 육사 시비 전경

---

13) 김희곤, 앞의 책, 14 - 18.

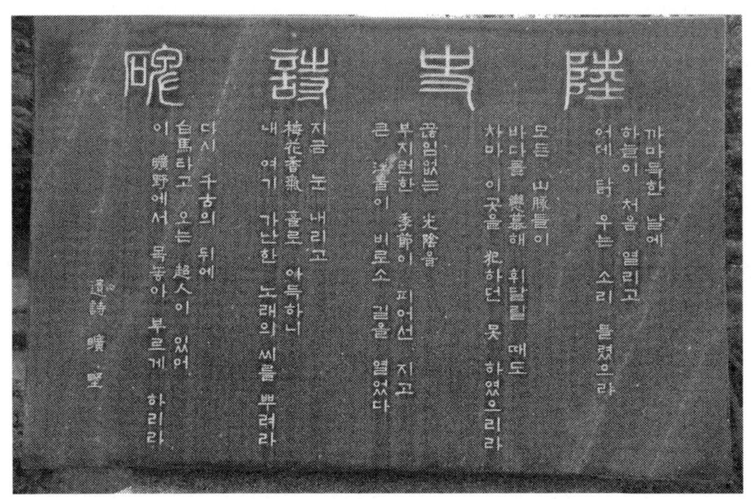

민속박물관 육사 시비의 시 원문

민속박물관 육사 시비의 설립 취지문

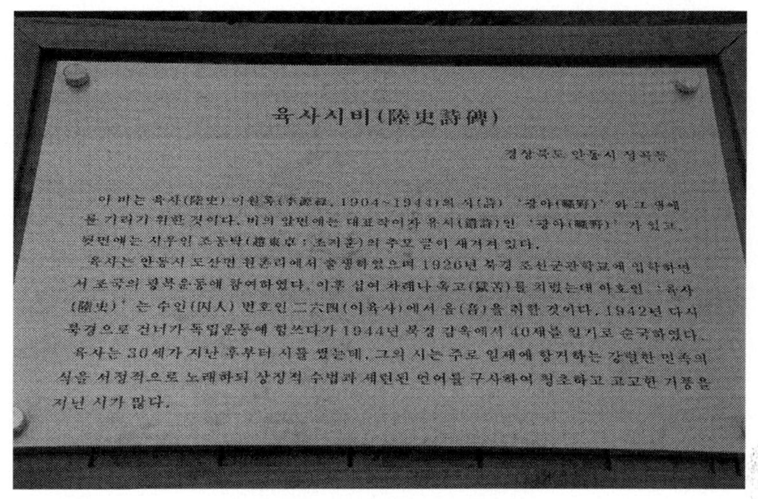

민속박물관 육사 시비의 안내문

그리고 원촌리 생가 터에는 <청포도> 시비가 있다. <청포도> 역시 육사의 대표 작품으로 '내 고장 7월은/ 청포도가 익어가는 시절'로 시작한다. '내가 바라던 손님'이 '청포'를 입고 등장하는 것이 그려진 작품이다. 이 시는 고향의 풍경을 토대로 한 폭의 그림처럼 영상을 형성하지만, 시의 내면에서 형성하는 의미망은 시대의 과제를 직시하고 있다. 포근한 고향을 통해서 가장 치열한 의지를 다지는 작품이다. 육사문학관 인근에 자리 잡은 생가 터의 시비는 1970년 안동댐 건설로 인해 생가를 이전한 뒤에 1993년 터를 돋우어 시비를 세웠다.

생가 터의 육사 시비 전경

생가 터 육사 시비의 시 원문

생가 터 육사 시비의 설립 취지문

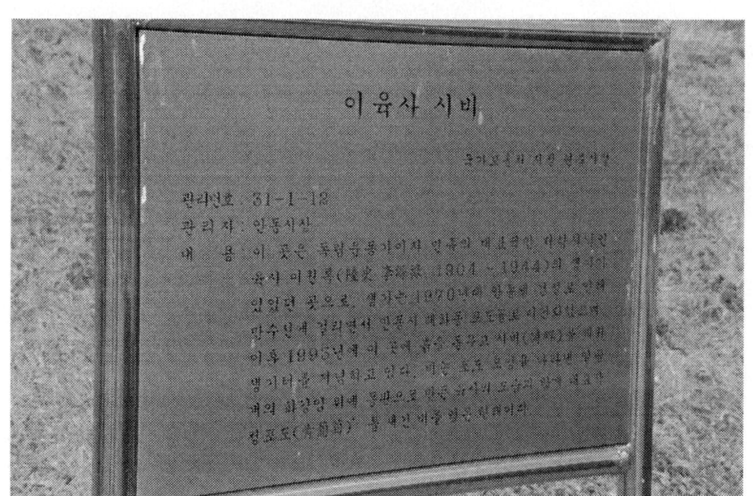

생가 터 육사 시비의 안내문

또한, 포항의 호미곶에도 <청포도> 시비가 세워졌다. 포항에 육사의 시비가 세워진 것에 대한 내막은 취지문에 나타나 있지만, 비에 적힌 육사의 연보에 다음과 같은 구절을 확인할 수 있다. '1937년 포항 송도 방문. 당시 오천 포도원을 방문하여 청포도의 시상 얻음'이라는 구절과 '1938년 신석초와 경주 여행. 육사는 삼불암에서 요양', '1939년 문장지에 <청포도> 발표'라는 부분에서 포항과 <청포도> 창작을 연결하는 고리가 형성된다.[14) 1999년에 세워진 이 시비가 자리한 호미곶은 해마다 많은 관광객이 찾는 곳이다. 육사와 포항의 인연을 매개로 하여 포항시와 시민들의 의지로 세워진 시비이다.

호미곶의 육사 시비 전경

---

14) 비를 세운 이로는 '빈남수, 정장식, 박태식, 서상은, 손춘익, 박이득, 조유현, 공원식, 신상률, 박문하, 이태수, 도광의, 이동영(유족대표), 심원섭(육사연구가)과 문협 포항지부 회원들'이라 새겨져 있다.

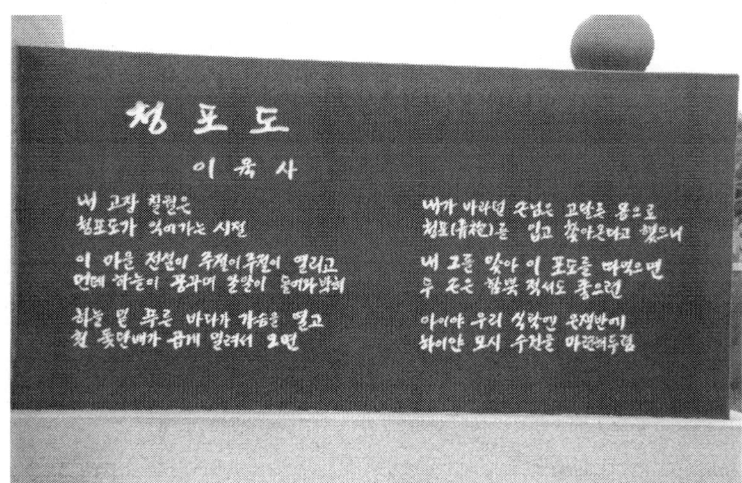

호미곶 육사 시비의 시 원문

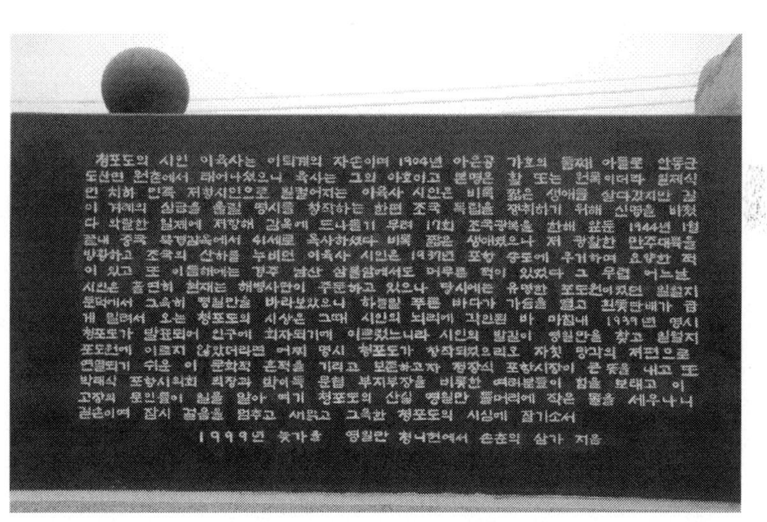

호미곶 육사 시비의 설립 취지문

2. 이상화: 희망이 피워 내는 부활의 꿈

상화 시의 정점은 <빼앗긴 들에도 봄은 오는가>이다. 이 시는 '자연으로서의 자연'과 '인위의 옷을 입은 자연'의 관계를 통해 해명된다. 시의 주제는 '춘래불사춘(春來不似春)'과 연결된다. 그것은 '봄은 왔지만 봄이 아니다.'와 '봄이 왔듯이 봄은 온다.'는 이중의 의미를 생성한다. 자연으로서의 봄은 왔지만, '봄'이 환기하는 세상은 열리지 않았다는 면에서, 자연과 현실의 대비를 통해 현실의 참혹성과 비극성이 강조된다. 그러나 봄에 대한 희망과 확신이 표현된 점에서 이 작품의 메시지는 현실 극복을 위한 강한 의지의 표현이다.

상화나 육사는 지역의 자랑이다. 2008년에 단장한 이상화 고택을 찾는 사람들이 끊이지 않고 있다. 2009년 7월에는 '이상화 고택 소식지'가 창간을 했다. 기념사업회가 쉼 없이 움직이고 있는 것은 대시인에 대한 경의를 표하는 일이자 지난 시대 시인의 메시지를 오늘의 시민들에게 나누는 장을 제공하는 것이다. 이상화 시인도 우리에게 저항 시인으로 각인되어 있다. 그러나 상화가 남긴 <저무는 노을 안에서> 등은 상화의 시 세계를 더 풍성하게 엿볼 수 있는 작품이다. 시대를 향한 그의 시선과 시적 역량에 대한 세밀한 논의가 필요하다.

2.1 대표 작품

〈말세(末世)의 희탄(欷嘆)〉15)

저녁의 피 묻은 동굴(洞窟) 속으로
아 - 밑 없는 그 동굴(洞窟) 속으로
끝도 모르고
끝도 모르고
나는 꺼꾸러지련다.
나는 파묻히련다.

가을의 병든 미풍(微風)의 품에다
아 - 꿈꾸는 미풍(微風)의 품에다
낮도 모르고
밤도 모르고
나는 술 취한 집을 세우련다.
나는 속 아픈 웃음을 빚으련다.

<말세의 희탄>은 이상화의 데뷔작이다. 1922년 1월 『백조』 창간호를 통해 발표되었다. 백조 동인들의 특징으로 이야기되는 퇴폐나 관능, 우울과 죽음의 이미지가 그대로 드러나는 작품이다. 밑도 없는 동굴 속으로 끝없이 파묻힌다(1연)거나 낮밤도 모르고 술 취한 집을 세우리라(2연)는 구절은 절망과 전망 부재의 상황을 가감 없이 보여 주고 있다. 피로 덧칠된 끝없는 동굴이 환기하는 이미지는 '절망의 늪'이다. '속 아픈

---

15) 이상규 편, 『李相和詩全集』, 정림사, 2001.을 참고하여 원문의 형태를 유지하는 것을 고려했지만, 맞춤법 규정이 정해지기 전의 작품이 갖는 표기의 문제, 방언 어휘의 문제, 한자 사용 등의 문제 때문에, '민족시인 이상화 고택 보존 운동 본부'에서 펴낸, 이상규·김용락 편저, 『새롭게 교열한 이상화 정본시집 빼앗긴 들에도 봄은 오는가』, 홍익포럼, 2002, 20.의 것을 인용하였다.

웃음’이라는 마지막 구절에서 보이듯, 겨우 피워 내는 ‘웃음’까지도 제 이름값을 못 하기는 마찬가지다.

<나의 침실로>는 달성공원에 세워진 시비에 새겨진 작품이다. 달성공원의 상화 시비는 김소운 발의,『죽순』협찬으로 세워져, 1948년 3월 14일 11시에 제막식을 가졌는데, 이는 해방 후 현대문학계 최초의 시비다.[16] 이 시비 앞면에는 “마돈나 밤이주는꿈 우/리가엮는꿈 사람이 안고/궁그는목숨의꿈이다르/지않느니/아　어린애가슴처럼　歲/月모르는　나의 寢室로/가자　아름답고오랜거게로”라는 구절이 새겨져 있다. 이 시는 1923년에 발표된 것으로, 이때는 상화가 파스큘라에 가입하여 활동한 시점이다. 파스큘라와 염군사는 후일 카프 결성의 모태가 된다.

<나의 침실로>는 빠른 호흡으로 진행되는 시로서 주된 메시지가 반복적으로 등장한다. 메시지 중심으로 골격을 추출하면 보다 간결하게 재배열될 수 있는 작품이다. 작품의 후반부에서 시인이 던지는 메시지가 실체를 드러낸다. 이 시에서 핵심어 역할을 하는 것은 단연 ‘침실’이다. 이것에 대해서 시인은 ‘부활의 동굴’이라 표현하고 있다. <말세의 희탄>에 등장했던 동굴이 ‘절망의 늪’이라면 여기서의 침실, 곧 동굴은 ‘부활의 출발지’다. 별이 떠 있을 동안에 도달해야 할 곳으로, 시간적 여유가 많지 않고, 마음의 여유도 없이 쫓기듯이 가지만, 그곳은 ‘희망’의 공간이다.

이 시에서 발견하는 희망은 <말세의 희탄>에서 보여 주었던 ‘웃음’과 견주어 보아도 한층 호전된 상황이다. 이전 작품에서는 ‘속 아픈’ 웃음이었지만, ‘침실’이 환기하는 것은 ‘아름답고 오랜’ 그곳이다. 이것에

16) 이상화기념사업회 엮음, 『문학앨범 이상화』, 2008, 69 - 75.

서 우리는 절망을 희망으로 바꾸는 길에 접어들었음을 확인할 수 있다. 부활은 절망의 바닥에서 다시 피워 내는 불씨이다. 그런 점에서 본다면, 별이 빛나는 상황은 절망의 시대에 남은 희망의 싹이다. '나의 아씨', 마돈나와 함께할 침실이기에 '지난밤이 새도록' 시인은 '손수 닦아' 놓았다. 그곳은 희망의 끈, 부활의 공간이기 때문이다.

〈나의 침실(寢室)로〉 - 「가장 아름답고 오랜 것은 오직 꿈속에만 있어라」 - 「내말」[17]

「마돈나」 지금은 밤도 모든 목거지에 다니노라 피곤(疲困)하여 돌아가려는도다.
　아, 너도 먼동이 트기 전으로 수밀도(水蜜桃)의 네 가슴에 이슬이 맺도록 달려오너라.

「마돈나」 오려무나. 네 집에서 눈으로 유전(遺傳)하던 진주(眞珠)는 다 두고 몸만 오너라.
　빨리 가자. 우리는 밝음이 오면 어딘지도 모르게 숨는 두 별이어라.

「마돈나」 구석지고도 어둔 마음의 거리에서 나는 두려워 떨며 기다리노라.
　아, 어느덧 첫닭이 울고 - 뭇개가 짖도다. 나의 아씨여! 너도 듣느냐.

「마돈나」 지난밤이 새도록 내 손수 닦아 둔 침실(寢室)로 가자. 침실(寢室)로!
　낡은 달은 빠지려는데, 내 귀가 듣는 발자국 - 오, 너의 것이냐?

「마돈나」 짧은 심지를 더우잡고, 눈물도 없이 하소연하는 내 맘의 촛(燭)불을 봐라.
　양(羊)털 같은 바람결에도 질식(窒息)이 되어 얄푸른 연기로 꺼지려는도다.

「마돈나」 오너라 가자. 앞산 그리메가 도깨비처럼 발도 없이 이곳 가까이 오

---

17) 이상규 · 김용락 편저, 앞의 책, 27 - 30.

도다.
　아, 행여나 누가 볼는지 - 가슴이 뛰누나 나의 아씨여, 너를 부른다.

　「마돈나」 날이 새련다 빨리 오려무나. 사원(寺院)의 쇠북이 우리를 비웃기 전에
네 손이 내 목을 안아라. 우리도 이 밤과 같이 오랜 나라로 가고 말자.

　「마돈나」 뉘우침과 두려움의 외나무다리 건너 있는 내 침실(寢室) 열이도 없
느니!
　아, 바람이 불도다. 그와 같이 가볍게 오려무나 나의 아씨여, 네가 오느냐?

　「마돈나」 가엾어라. 나는 미치고 말았는가. 없는 소리를 내 귀가 들음은 -
내 몸에 파란 피 - 가슴의 샘이 말라 버린 듯 마음과 목이 타려는도다.

　「마돈나」 언젠들 안 갈 수 있으랴. 갈 테면 우리가 가자. 끄을려 가지 말고!
너는 내 말을 믿는 「마리아」 - 내 침실(寢室)이 부활(復活)의 동굴(洞窟)임을
네야 알련만…….

　「마돈나」 밤이 주는 꿈, 우리가 얽는 꿈. 사람이 안고 뒹구는 목숨의 꿈이 다
르지 않으니.
　아, 어린애 가슴처럼 세월 모르는 나의 침실로 가자. 아름답고 오랜 거기로.

　「마돈나」 별들의 웃음도 흐려지려 하고, 어둔 밤 물결도 잦아지려는도다.
　아, 안개가 사라지기 전으로 네가 와야지, 나의 아씨여 너를 부른다.

　부제로 붙여진 "가장 아름답고 오랜 것은 오직 꿈속에만 있어라"를
통해서 우리는 시인이 '꿈'에 부여한 가치를 발견할 수 있다. "밤이 주
는 꿈, 우리가 얽는 꿈, 사람이 안고 뒹구는 목숨의 꿈이 다르지 않으
니"(11)[18]나 "아름답고 오랜 거기"(11)를 통해 드러나는 '꿈'은 '희망'이

____

18) 괄호 속의 숫자는 '연'을 의미한다. 별도의 표시가 없으면 아래에서도 같다.

다. 이들에게서, 꿈과 같은 의미망을 형성하는 것이 '밤'이라는 사실도 확인할 수 있다. 아름다움과 영속성 혹은 영원성을 특징으로 하는 꿈의 세계는 일차적으로 잠을 통해 실현된다는 점에서, 그리고 잠은 밤에 취할 수 있는 것으로, 꿈과 밤은 연결 고리를 형성한다.

꿈꾸는 것, 꿈을 통해서 실현되는 것, 꿈을 통해서 실현하고 싶은 것이 그려진다는 점에서 '꿈'은 꿈(dream)과 희망(hope)이라는 의미를 함께 갖는다. 이 시에서 희망을 지피는 시어로 등장하는 것이 '별(1)/촛불(5)/안개(12)' 등이다. 이들은 일상적인 의미와 상관없이, 밤이라는 '어둠'의 속성과 연관된다. 어둠 속에서 빛을 발하는 별이나 촛불, 그리고 어둠과 같은 속성으로 표현된 안개는 모두 '밤'이라는 의미망을 형성하고 강화하는 재료들이다. 이들이 구축하는 의미의 망루는 '침실'(4, 8, 10, 11)로 귀결된다.

여기서 그려지는 침실은 희망의 실현공간이자 현실에서의 희망의 대상이지만, 어둠 속에서 생명력을 갖는 침실은 한계를 갖기 마련이다. 그것은 해가 뜨면 존재를 상실하게 된다. 빛이라도 달빛이나 별빛 같은 음의 빛에 의지해야 한다. 대명천지에 '드러낼 수 없음'은 시에서 '모르게 숨는(2)/행여나 누가 볼는지(6)/두려움의 외나무다리(8)' 등으로 그려지고 있다. 다른 한편으로 침실을 위태롭게 하는 요소들도 등장한다. '첫닭 울음(3)/뭇개 짖음(3)/낡은 달(4)/짧은 심지(5)/사원의 쇠북(7)' 등이 그것이다. '아름다운' 그곳으로의 꿈은 이들에 대한 극복이다.

희망과 완성의 공간인 침실에 대한 갈망은 시 전체를 관통하는 핵심 메시지다. '돌아가려는도다(1)/기다리노라(3)' 등은 화자의 의지가 표현되어 있고, '오너라(1, 2, 6)/오려무나(7, 8)/와야지(12)/부른다(6, 12)/목을 안아라(7)’ 등에서는 임에 대한 간절한 외침이 반복되고 있다. ‘가자(4, 10, 11)/가고 말자(7)’ 등의 청유형 표현도 임을 향한 외침이다. 여기서 임에게 하는 말은 화자 자신에게도 해당하는 말이다. 두 주체의 합일만이 침실을 온전한 공간으로 만드는 것이자, 희망을 현실에 정착시키는 길이기 때문이다.

발자국 소리는 그런 점에서 희망의 메신저다. 이는 임의 환유로 사용되기도 했는데, “내 귀가 듣는 발자국 – 오, 너의 것이냐?”(4), “아, 바람이 불도다. … 나의 아씨여, 네가 오느냐?”(8) 등을 통해서 화자의 심정이 드러난다. “나는 미치고 말았는가. 없는 소리를 내가 들음은(9)”에 이르면, 꿈을 이루고자 하는 화자의 의지가 구체적으로 확인된다. 발소리를 대신하는 닭 울음소리(3), 개 짖는 소리(3), 산사의 북 소리(7)는 위기감을 더 고조시킨다. 여전히 기다림의 실타래는 돌아가고 있으되 감긴 실의 끝이 감지되고 있다.

침실은 나 홀로 있어서는 황홀한 경험, 부활의 공간이 될 수 없다. 그런 점에서 마돈나를 기다리는 상황이 해소되기 전에는 목적을 달성한 것이 될 수 없다. “별들의 웃음은 흐려지고, 밤 물결도 잦아지려는도다./ 안개가 사라지기 전으로 네가 와야지, 나의 아씨여 너를 부른다.”는 시의 끝 연에서 마지막 순간으로 치닫고 있는 절박함이 고조된다. <나의 침실로>는 절망의 늪에서 헤어났음을 확인할 수 있는 작품이다. 그러나 아직, 희망의 여건은 성숙되지 않았다. 위태로운 상황에서의 간절한 외침에 아직 메아리는 들려오지 않는다.

〈빼앗긴 들에도 봄은 오는가〉[19]

지금은 남의 땅 - 빼앗긴 들에도 봄은 오는가?

나는 온몸에 햇살을 받고
푸른 하늘 푸른 들이 맞붙은 곳으로
가르마 같은 논길을 따라 꿈속을 가듯 걸어만 간다.

입술을 다문 하늘아 들아
내 맘에는 내 혼자 온 것 같지를 않구나.
네가 끌었느냐 누가 부르더냐 답답어라 말을 해다오.

바람은 내 귀에 속삭이며
한 자국도 섰지 마라 옷자락을 흔들고
종다리는 울타리 너머에 아씨같이 구름 뒤에서 반갑다 웃네.

고맙게 잘 자란 보리밭아
간밤 자정이 넘어 내리던 고운 비로
너는 삼단 같은 머리를 감았구나 내 머리조차 가뿐하다.

혼자라도 가뿐하게 가자
마른 논을 안고 도는 착한 도랑이
젖먹이 달래는 노래를 하고 제 혼자 어깨춤만 추고 가네.

나비 제비야 깝치지 마라
맨드라미 들마꽃에도 인사를 해야지
아주까리 기름을 바른 이가 지심 매던 그들이라 다 보고싶다.

내 손에 호미를 쥐어다오
살찐 젖가슴과 같은 부드러운 이 흙을

---

19) 이상규 · 김용락, 앞의 책, 104 - 107.

발목이 시리도록 밟아도 보고 좋은 땀조차 흘리고 싶다.

강가에 나온 아이와 같이
짬도 모르고 끝도 없이 닫는 내 혼아
무엇을 찾느냐 어디로 가느냐 우스웁다 답을 하려무나.

나는 온몸에 풋내를 띠고
푸른 웃음 푸른 설움이 어우러진 사이로
다리를 절며 하루를 걷는다 아마도 봄 신령이 잡혔나보다.

그러나 지금은 - 들을 빼앗겨 봄조차 빼앗기겠네.

상화의 시비 네 개[20]에 새겨진 작품이 <빼앗긴 들에도 봄은 오는가>라는 점만으로도 이 시는 상화를 대변하는 작품으로 인식되고 있음을 알 수 있다. 일제 강점기에 일제를 향해서 이렇듯 통렬한 외침을 직설적으로 할 수 있었다는 점은, 당시가 일제에 의해 인쇄물에 대한 엄격한 검열이 시행되던 시기라는 점을 무색게 한다. 소박하게 보면, 지주에게 논밭을 빼앗긴 소작농의 이야기지만, 이 시가 형성하는 중층의 의미망은 그것을 단숨에 뛰어넘는다. '남의 땅'에서 남은 우리 민족이 아닌 남이요, 우리나라가 아닌 남이다.

첫 연에서의 "지금은 남의 땅 - 빼앗긴 들에도 봄은 오는가?"라는 선언은 이 시의 포문을 열면서 독자들로 하여금 단숨에 숨소리를 죽이고 몰입하게 만드는 힘을 가졌다. '봄은 오는가?'라는 물음에 대한 화답은 마지막 연에서 제시되고 있다. "그러나 지금은 - 들을 빼앗겨 봄조차 빼앗기겠네."에서, '봄'은 뺏기지 않는 것이다. 힘으로 뺏을 수도 없고

---

20) 독립기념관, 두류공원, 수성못, 중앙고등학교의 시비.

힘없다고 뺏기지도 않으며, 붙잡을 수도 없지만 막을 수도 없다. 봄은 특정인이 소유할 수 없다는 점에서 이 구절은 설사 들은 뺏겼을지언정 봄은 '뺏기지 않는다'는 전제에서 출발한 것이다.

자연의 기본 속성은 '있는 그대로'이다. 작품에 등장하는 '들(1, 2, 11)/햇살(2)/하늘(2, 3)/바람(4)/구름(4)/비(5)/도랑이(6)/강가(9)' 등이 그들이다. 이들은 한편으로는 '불편부당'의 요소를 일소하는 주체이기도 함을 의미한다. 그것은, 2연에서 7연까지의 내용에서도 확인된다. 이들은 '빼앗긴 들'을 걷는 장면에서 등장하여 여전히 '변함없음'을 보여 주고 있다. 화자가 들을 걸으며 카메라로 화면에 담듯 보여 주는 장면에서 '빼앗김'이라는 상실감과 박탈감, 그리고 '변함없음'이라는 일관성과 항구성의 거리가 강조되고 있다.

상실이라는 인위와 항상이라는 자연의 거리는 '호미'가 등장하는 8연에 이르면 전환을 가져온다. 호미와 연동되어 등장하는 것이 '흙(8)/땀(8)'이다. 호미를 쥐었을 때의 흙은 변치 않는 자연이면서 한편으로는 인간 삶의 토대이다. 농사짓는 들(7)은 생명 창조의 장이자 '자연으로 돌아감'이라는 의미 영역을 확보하게 된다. 여기서의 자연은 사람의 삶과 연결되는 자연이다.[21] 그것은 '자연'으로서의 자연보다 한층 인간의 삶에 가까이 있는 자연이다. 그들은 시에서 '종다리(4), 보리밭(5), 나비(7), 제비(7), 맨드라미(7), 들마꽃(7), 아주까리(7)' 등으로 등장한다.

자연으로서의 자연과 인위의 옷을 입은 자연의 관계 설정은 이 작품이 생성하는 의미의 층위를 해명하는 잣대가 된다. 그런 점에서 마지막 연의 진술은 "춘래불사춘(春來不似春)"과 연결된다. 그것은 우선 "① 봄

---

21) 그런 점에서, 이들과 연결되는 '들(7)'은 자연으로서의 들(1, 2, 11)과 구별된다.

은 왔지만 봄이 아니다."는 의미로 읽힌다. "자연으로서의 봄은 왔지만, '봄'이 환기하는 세상은 열리지 않았음"이라는 것으로 보면, 자연과 현실의 대비를 통해 현실의 참혹성과 비극성이 강조된다. 그리고 "② 봄이 왔듯이 봄은 온다."는 의미로 보면, 이 작품에는 당대 현실 극복의 의지가 강하게 드러나 있다.

> 광복은 상화의 시 〈빼앗긴 들에도 봄은 오는가〉 안에 숨어 있었던 것이다. 상화는 시인이기 이전에 민족의 예언자였다. 조국의 독립은 밤의 공간에서 상화가 가슴에 안고 품고 뒹굴었던 '꿈' 안에 잠복해 있었던 것이다. 역사의 손은 어둠을 털어내고 그 꿈을 들추어 낸 것이다.
> 상화는 시인 이상의 실재다. 위대한 개성이고 시대의 대변자였던 그는 스스로 하나의 폭약이었던 것이다. 그는 만고 청청한 민족의 긍지인 것이다.[22]

> 오늘에 와서 많은 시비와 동상이 건립되고 문학사에서의 위치가 부동의 것이 됨으로써 망각 속에 묻힌 과거의 시인이 아니라 살아 있는 오늘의 시인으로 우리에게 돌아온 것이다.
> 저항시인이란 말이 사어(死語)가 되어 가고 있는 추세라곤 하나 시인은 본래 언어의 권위를 창조하기 위해 싸우고, 권력과 가혹한 대결을 하지 않을 수 없는 인과(因果)를 갖고 있는 존재란 것을 상화는 행동을 통해 실증했다.[23]

> 〈빼앗긴 ─〉의 경우에도 '빼앗긴 들에도 봄은 오는가?'라는 선언적 명제의 선명성과 유장한 시적 율격 그리고 서정성에는 동의하는 바이지만, 반면 좋은 시에는 반드시 필요한 생활의 구체성이나 민중적 삶의 진실 같은 세목이 이 시에서 결여돼 있다는 명백한 한계는 지적되어야 옳다. 상화 시에서는 이 두 작품[24]보다는 차라리 〈저무는 노을 안에서〉, 〈비를 다오〉, 〈폭풍우를 기다리며〉, 〈거지〉,

---

22) 허만하, 「앞산을 바라보고 서 있는 거인 ─ 이상화의 시에 대하여」, 이상화기념사업회, 앞의 책, 20.
23) 윤장근, 「역사 속으로」, 이상화기념사업회, 앞의 책, 86.
24) 여기서 두 작품은 〈나의 침실로〉와 〈빼앗긴 들에도 봄은 오는가〉이다.

<도쿄에서>와 같은 작품이 당시 식민지 민중들의 삶을 생생하게 조감하고 항일 의식과 계급의식을 보다 구체화하고 있다는 점에서 주목의 대상이 되어야 할 것 같다.25)

상화의 삶과 시에 관한 견해들을 옮긴 것이다. 상화의 기념 사업과 관련된 인사들의 글이라는 한계는 있지만, 상화가 구축하고 있는 영역이 어떠한지를 알게 해 주는 대목들이다. 상화는 그간 저항 시인으로 각인되어 있다. 이는 학교 교육의 공이면서 한편으로는 과일 수도 있다는 점을 마지막 인용문에서 읽을 수 있다. <저무는 노을 안에서>, <비를 다오>, <도쿄에서> 등의 작품은 민중들의 삶을 구체적으로 조감했다는 점에서 평가받아야 한다는 주장이다. 필자를 비롯하여 연구자들의 연구 안목과 태도에 대한 채찍질이다.

2.2 이력과 작품 목록

연보26)

1901년 4월 5일(음력) 대구시 중구 서문로 2가 11번지에서 출생.

1906년 대문 밖의 집안 사숙에서 한문 수학.

1908년 8월 부친 이시우 사망. 상정 12세, 상화 8세, 사액 6세, 상오 4세.

1914년 한문 수학 후 1년간 신학문(일어, 산술, 박물 등)을 배움.

1915년 상경하여 정규교육기관인 경성중앙학교 입학.

---

25) 김용락, 「계급과 저항적 민족주의의 변주」, 이상규·김용락 편저, 앞의 책, 172-173.
26) 이상화기념사업회, 앞의 책, 98-102.의 수록 내용에 따랐다.

1917년 대구에서 백기만, 현진건 등과 『거화』 동인에 참여.

1918년 3월 25일 경성중앙학교 3년 수료, 7월 강원도 일대 방랑.

1919년 백기만, 허범 등과 3·1운동 대구거사모임에 참여. 주요인문
　　　사전 검속으로 피신. 10월 13일 공주읍 옥동 295번지 서한보
　　　의 장녀 순애(일명 서온순)와 혼인. 호적에 혼인 날짜는 1921
　　　년 2월 23일로 기록됨.

1922년 현진건의 소개로 『백조』 동인이 되어 나도향, 홍사용, 박종화
　　　등과 교류. 창간호에 <말세의 희탄>, <단조>, 2호에 <가을
　　　의 풍경> 등 발표. 이후, 동경에 있는 외국어전문학교인 아테
　　　네 프랑세 입학.

1923년 3월 아테네 프랑세 수료. 『백조』 3호에 <나의 침실로> 발표.
　　　9월 관동대지진 때 일본자경단원의 만행에 분노.

1924년 3월 귀국하여 서울 가회동 1번지 5호, 취운정에 머물며 시작
　　　(詩作)에 전념. 고향 친구 박태원의 죽음을 두고 <이중의 사
　　　망>을 『백조』 3호에 발표. 김기진 등과 '파스큘라' 결성.

1925년 8월 박영희, 김기진 등과 카프(조선플로레타리아예술가동맹)
　　　발기인으로 참가.

1926년 <빼앗긴 들에도 봄은 오는가> 『개벽』 70호에 발표. 이 시로
　　　『개벽』은 판매금지 처분 당함. 카프 기관지 『문예운동』 주간.
　　　장남 용희(龍熙) 출생(1966년 사망).

1928년 6월 독립운동 자금 마련을 위한 'ㄱ당사건'에 연루되어 대구
　　　경찰서에 구금.

1932년 장관동 50번지로 이주.

1933년 8월 경북지사로부터 교남학교(현재의 대륜중학교) 강사 인가
　　　 를 받고 조선어와 영어 강사로 근무, 이듬해 봄 사임.

1934년 차남 충희(忠熙) 출생. 조선일보 경북총국을 경영했으나 실패.
　　　 남성로 35번지로 이주.

1936년 백씨 이상정 장군을 만나러 중국행. 남경, 북경, 상해 등지 유
　　　 람 후 귀국.

1937년 경찰에 구금되어 20여 일 고초를 겪고 풀려남. 교남학교에 복
　　　 직하여 교가 작사. 종로2가 72번지로 이주.

1938년 태희(太熙) 출생.

1939년 6월 중구 계산동 2가 842번지로 이주. 교남학교 교가 가사 문
　　　 제로 가택 수색을 당해 자신의 시고와, 고월 이장희의 유고까
　　　 지 압수당함.

1940년 김소운 번역의 『조선시집』(河出書房)에 <나의 침실로> 등 3
　　　 편 수록됨.

1943년 3월 말 대구도립병원에서 위암 진단. 4월 25일 오전 8시 45분
　　　 계산동 2가 84번지에서 운명. 장지는 달성군 화원면 본리리 산
　　　 9번지 월성 이씨 가족묘지. 10월 백기만의 발의로 서동진·박
　　　 명조 설계, 윤갑기·김준묵의 참여로 묘 앞에 '시인 백아월성이
　　　 공휘상화지묘(詩人白亞月城李公諱相和之墓)'라는 비가 세워짐.

1948년 3월 14일 대구 달성공원에 <나의 침실로> 시비 건립. 김소
　　　 운 발의, 죽순시인구락부 협찬. 해방 후 국내 최초의 시비.

1951년 9월 백기만 편찬의 『상화와 고월』(청구출판사)에 시 16편 수록.

1977년 대통령 표창.

1985년 3월 '죽순문학회'에서 '상화시인상' 제정.

1986년 6월 독립기념관(목천)에 <빼앗긴 들에도 봄은 오는가> 시비
　　　건립.

1990년 건국훈장 애족장 추서.

1996년 8월 15일 대구 두류공원에 동상 건립.

1998년 3월 문화체육관광부 '문화인물'로 선정.

2001년 5월 탄생 100주년 기념문학제 거행.

2002년 이상화 고택 보존 100만인 서명 운동.

2003년 본리리 가족묘지 상화묘 앞에 묘비 새로 세움.

2006년 3월 수성못 상단공원에 <빼앗긴 들에도 봄은 오는가> 시비
　　　건립.

2008년 6월 서울중앙고교 100주년을 맞아 <빼앗긴 들에도 봄은 오는
　　　가> 시비 건립과 명예 졸업장 수여.

2008년 8월 12일 대구광역시 중구 계산동 2가 48번지의 고택 복원하
　　　여 개관.

시집 목록27)

배기만 편, 『상화와 고월』, 청구출판사, 1951.9.

이상화, 『상화 시선』, 정음사, 1973.9.20.

김학동 편, 『이상화 작품집』, 형설출판사, 1977.

정진규 편, 『이상화 전집 - 마돈나, 언젠들 안 갈 수 있으랴』, 문학세

---

27) 이상화, 앞의 책, 2001.을 주로 참고하고, 일부를 보완하였다.

계사, 1981.

이기철 편,『이상화 전집 – 빼앗긴 들에도 봄은 오는가』, 문장사, 1982.

이상화,『이상화시집』, 범우사, 1985.

김학동 편,『이상화 전집』, 새문사, 1987.

이상화,『빼앗긴 들에도 봄은 오는가』, 문현사, 1988.

이상화,『빼앗긴 들에도 봄은 오는가』, 선영사, 1989.

이상화,『빼앗긴 들에도 봄은 오는가』, 상아, 1991.

이상화,『이상화전집 – 빼앗긴 들에도 봄은 오는가』, 미래사, 1991.

이상화,『이상화시집 – 빼앗긴 들에도 봄은 오는가』, 청년사, 1992.

정진규 편,『이상화』, 문학세계사, 1993.

이상화,『이상화시집 – 빼앗긴 들에도 봄은 오는가』, 청목, 1994.

이상화,『이상화시집 – 빼앗긴 들에도 봄은 오는가』, 신라출판사, 1994.

윤장근 외,『이상화 전집 – 빼앗긴 들에도 봄은 오는가』, 대구문협,
　　　그루, 1998.

이상화,『빼앗긴 들에도 봄은 오는가』, 인문출판사, 1999.

이상규,『탄생100주년 기념 이상화 전집』, 정림사, 2001.

이상규·김용락 편저,『새롭게 교열한 이상화 정본시집 – 빼앗긴 들
　　　에도 봄은 오는가』, 홍익포럼, 2002.

시 발표 연대기[28]

1922년 1월 <말세의 희탄>, <단조>, 백조 창간호.

---

28) 이상규·김용락 편저, 앞의 책, 174－176.에 따랐다.

1922년 5월 <가을의 풍경>, <To － S. W. Lee －>, 백조 2호.

1923년 9월 <나의 침실로>, <이중의 사망>, <마음의 꽃>, 백조 3호.

1923년 9월 <독백>, 동아일보 10월 26일.29)

1924년 7월 <선후에 한마듸>, 동아일보 7월 14일.

1924년 12월 <허무교도의 찬송가>, <방문거절>, <지반정경>, 개벽 54호.

1925년 1월 <단장 오편>, <비음>, <가장 비통한 기욕(祈慾)>, <빈촌의 밤>, <조소>, <어머니의 웃음>, 개벽 55호.

1925년 3월 <이별을 하느니>, 조선문단 6호.

1925년 3월 <폭풍우를 기다리는 마음>, <바다의 노래>, 개벽 57호.

1925년 5월 <구색이장>, <극단>, <선구자의 노래>, 개벽 59호.

1925년 6월 <가상(街相)>, <구루마꾼>, <엿장사>, <거지>, 개벽 60호.

1925년 6월 <금강송가>, <청량세계>, 여명 2호.

1925년 7월 <오늘의 노래>, 배격 61호.

1925년 10월 <몽환병>, 조선문단 12호.

1926년 1월 <속사포>, <도－쿄에서>, 문예운동 창간호.

1926년 1월 <시삼(詩三)>, <조선병>, <겨울마음>, <초혼>, 개벽 65호.

1926년 1월 <본능의 노래>, 시대일보 1월 4일.

1926년 3월 <원시적 읍울>, <이 해를 보내는 노래>, 개벽 67호.

---

29) 이상규·김용락 편저, 앞의 책에 '동아일보 7월 14일'로 되어 있으나 원 자료를 확인하여 10월 26일로 바로잡았다.

1926년 4월 <시인에게>, <통곡>, 개벽 68호.

1926년 5월 <설어운 조화(調和)>, <머-ㄴ 기대(企待)>, 무예운동 2호

1926년 6월 <빼앗긴 들에도 봄은 오는가>, <비갠 아츰>, <달밤,
　　　　　 도회>, 개벽 70호.

1926년 6월 <달아>, <파란비>, <숙자>, 신여성.

1926년11월 <병적 계절>, 조선지광 61호.

1926년11월 <지구흑점의 노래>, 별건곤 1호.

1928년 7월 <저무는 놀 안에서>, <비를 다고>, 조선지광 69호.

1929년 6월 <곡자사(哭子詞)>, 조선문단 2호.

1930년10월 <대구행진곡>, 별건곤.

1932년10월 <예지(叡智)>, 만국부인.

1933년 7월 <반딧불>, 신가정 7호.

1933년10월 <농촌의 집>, 조선중앙일보 10월 10일.

1935년 4월 <역천>, 시원 2호.

1935년12월 <나는 해를 먹다>, 조광 2호.

1936년 5월 <기미년>, 중앙 4권 5호.

1941년 4월 <서러운 해조>, 문장 25호.

1925년 <제목미상>(미들래톤작), 신여성 18호.

1937년 <만주벌>

미상(1951년 공개), <쓰러져 가는 미술관>, <청년>, <무제>, <그
　　　 날이 그립다>, 상화와 고월.

미상(1951년 공개), <무제> 필사본.

미상, <교남학교 교가>

미상, <풍랑에 일리든 배> 대구고보 앨범.

2.3 고택과 시비 풍경

이상화 고택

이상화 고택은 상화가 1939년부터 43년까지 말년을 보낸 집이다. 상화의 숨결을 느낄 수 있는 곳으로, 마당에는 지금도 당시의 나무가 자리를 지키고 있다. '시민이 지켜 낸 상화 고택'이라는 안내판에는 '본 고택은 친구들과 제자들을 맞이하던 사랑방, 울적한 마음을 달래던 감나무 마당, 상화가 숨진 안방 등 상화의 삶을 고스란히 담고 있는 역사적인 장소'라는 문구가 있다.[30] 많은 시민들이 찾고, 학생들의 체험학습장으로도 상화 고택이 자리를 잡았다. 고택 마당에 <역천>과 <빼앗긴 들에도 봄은 오는가>를 새긴 시비가 세워졌다.

---

30) 상화 고택을 지켜 낸 사정에 대해서 다음과 같이 적고 있다. "지역 개발로 흔적 없이 사라질 위기에 처한 상화 고택을 보존하기 위해 2002년부터 대구지역 문화계 인사들과 시민들은 '상화고택보존운동'을 전개하였습니다. 40만 명의 시민이 상화 고택 보존을 위한 서명 운동에 참여했고, 많은 시민들이 보존에 필요한 자금을 모아 주었습니다. 또한 군인공제회에서 상화 고택을 매입하여 대구시에 기부채납하였고, 이상화기념사업회 등 많은 문학계 단체들이 뜻을 모았습니다. 특히 유족과 뜻있는 문인들이 이상화와 관련된 많은 유물과 자료를 기증하여 주었습니다. 이러한 많은 이들의 마음과 노력으로 우리는 앞으로도 오랫동안 민족시인 이상화의 정신과 예술혼을 간직하게 되었습니다."

상화 고택 전경

상화 고택의 <역천> 시비

상화 고택의 <빼앗긴 들에도 봄은 오는가> 시비

당시 계산동 일대는 문인들이 모여 살았고, 화가 이중섭도 살았다고
한다. 일제는 상화를 요주의 인물로 감시하고 있었는데, 말년의 상화 자
택은 늘 감시의 대상이었다. 일경이 수시로 드나들었고, 천장에 숨겨 두
었던 원고 뭉치를 막대기로 천장을 두들겨 찾아내기도 했다. 당시 순사
들이 큰길에서 바라보면 지금 상화의 고택이 보였다는 설명[31]을 들으며
상화 고택에서 계산오거리 방향으로 시선을 돌리면, 담장 밖으로 지금도
파출소가 보인다. 그 자리에 중부경찰서 남산지구대가 있다.

상화 고택에서 바라본 파출소

시비

대구시 중구 달성동 294 – 1번지 달성공원에 상화 시비가 있다. 1948

---

31) 윤장근 시인의 증언이다.

년 3월 14일에 세워진 이 시비는 근대 시인으로는 우리나라 최초의 것으로 알려져 있다. 상화의 대표작 <나의 침실로>를 새긴 이 시비는 '김소운 발의, 죽순시인구락부 협찬'으로 일이 추진되었다. 시비에는 김소운의 글을 대구 서예계의 대가 서동균(徐東均) 옹의 글씨로 새겼다. 달성공원은 지금도 시민들과 관광객의 발길이 끊이지 않는 곳이다. 지역의 시인이면서 우리 문학사의 대표적인 작가의 한 사람인 상화의 자취를 이 시비를 통해서 느낄 수 있다.

달성공원의 상화 시비 전경

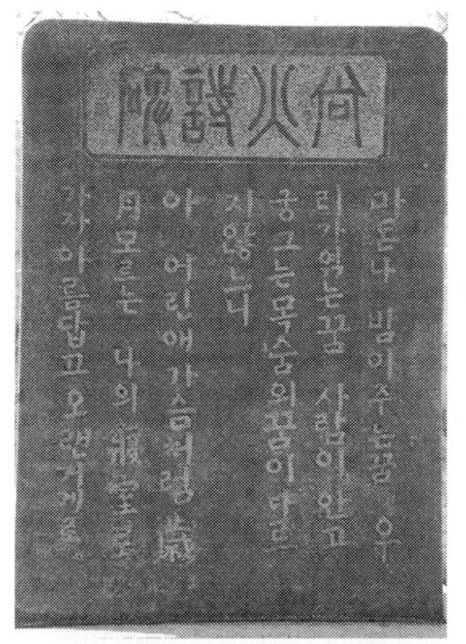

달성공원 상화 시비의 시 원문

달성공원 상화 시비의 설립 취지문

달성공원 상화 시비의 안내문

두류공원에도 상화의 시비가 있다. 두류공원은 대구시 달서구 성당동 154번지에 자리한다. 대구를 대표하는 공원으로 전국 최대규모의 타워 시설이 있다. 두류운동장과 야구장, 수영장, 유도관 등과 함께 두류도서관, 대구문화예술회관이 있고, 2·28기념탑도 명덕네거리에서 이전해 있다. 인물 동산에는 지역의 문화 예술인들을 기리는 비와 기념물들이 조성되어 있다. 문인들로는 상화와 함께 목우 백기만, 고월 이장희, 빙허 현진건 등의 비가 있다. 여기에 상화의 <빼앗긴 들에도 봄은 오는가>가 새겨진 시비가 상화의 동상과 함께 세워졌다.[32]

두류공원 인물동산의 상화 시비 전경

수성못에도 상화의 시비가 세워졌다. 2005년 12월에 새워진 이 시비

---

32) 두류공원에 세워진 상화 시비의 원문과 설립 취지문 등은 이 책 2부의 '두류공원 인물동산'에 싣는 것과 중복되므로, 여기에는 생략하기로 한다.

는 상화의 시비 중 가장 큰 규모다. 광복 60주년과 수성구청 25주년 되는 해를 맞아 세운 이 시비에는, '상화가 바라보며 시상을 떠올렸다는 수성 들판이 주택가로 바뀌었으나 그런 뜻이 담긴 이곳이 나라 사랑 정신을 일깨우는 새 터전이 되기를 기원'하는 뜻이 새겨져 있다. 암울한 시대에 민족혼을 일깨운 상화를 기리는 시민들의 뜻을 담아 세웠다는 취지의 글이다. 최근에는 시비가 세워진 공원의 이름을 '상화공원'으로 바꾸려는 움직임이 일고 있기도 하다.

수성못의 상화 시비 전경

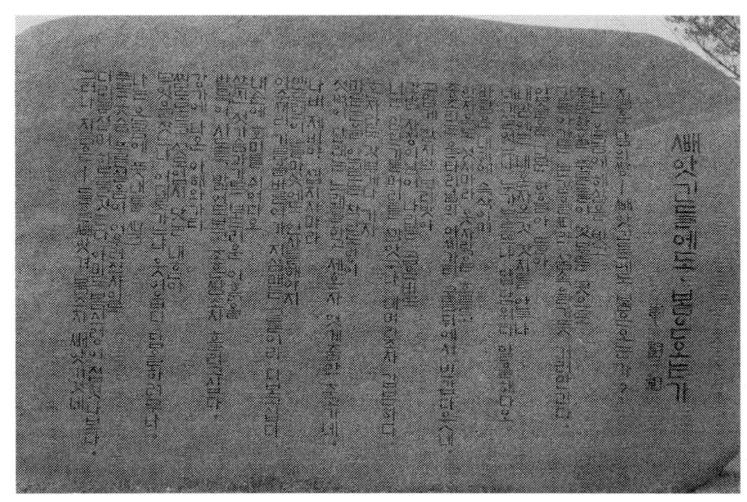

수성못 상화 시비의 시 원문

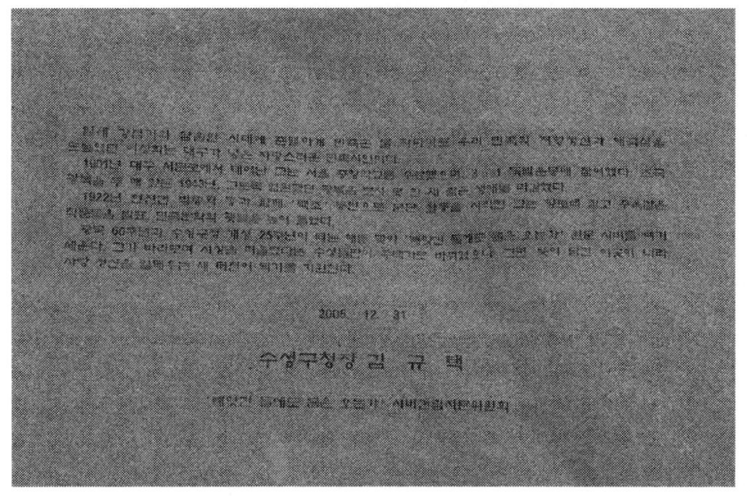

수성못 상화 시비의 설립 취지문

3. 김동리: 경주에 떠오른 금빛 무지개

　　동리는 한국 서사문학사에서 큰 맥을 형성한 작가이다. <등신불>, <을화>, <무녀도>, <황토기>, <역마>를 비롯하여 데뷔작인 <화랑의 후예> 등 숱한 작품이 그의 품에서 나왔다. 이런 점에서 "김동리 선생의 문학 세계를 논한다는 것은 한국 현대문학사 전체를 논의의 대상으로 삼는 것과 다름이 없다."[33]는 말이 과언이 아니다. 천년 고도의 경주에서 가장 한국적인 글 꽃을 피워 올린 작가로 평가받고 있다.

　　알려진 바와 같이, '시인' 김동리 선생은 1934년 시 <백로>가 『조선일보』 신춘문예에 입선하면서 문단에 등장했다. 같은 해 가톨릭 청년 5월호에 <고목(古木)>을 발표했고, 1937년에는 서정주, 김달진 등의 '시인부락'에 동인으로 가입하여 시작 활동에 열의를 보이기도 했다. 1935년과 이듬해 신춘문예에 <화랑의 후예>와 <산화>가 당선되기 전에 시인의 길을 걸었고, 생전에 『바위』와 『패랭이꽃』이라는 시집을 냈다. 그의 유작을 포함해서 전집 성격의 『김동리가 남긴 시』가 1998년에 간행되었다. 소설가로서 울창한 숲을 형성했지만, 시의 샘에서도 단물이 쉼 없이 솟아나는 작가이다.

---

33) 권영민, 「시성(詩性) 깃든 김동리 문학의 근원」, 『김동리가 남긴 詩』, 문학사상사, 1989, 177.

3.1 대표 작품

〈패랭이꽃〉[34]

파랑새를 쫓다가
들끝까지 갔었네
흙냄새 나무 빛갈
모두 낯선 타관인데
패랭이꽃
무더기져 피어 있었네

(갑자년 초여름에 김동리 짓고 씀)

　동리문학관에 작가의 친필 <패랭이꽃>이 걸려 있다. 족자에 갇혀 벽에 매달린 작품이 피워 내는 경지는 놀랍게도 패랭이꽃 만발한 들의 풍광을 끌어다 놓기에 손색이 없다. 이 작품 <패랭이꽃>은 시인이 회갑을 맞아 묶었던 첫 시집 이후 십 년 만인 1983년에 나온 시집의 이름이기도 하다. 여섯 줄에 지나지 않지만, 당시의 동리에게도 지금의 독자에게도 동리의 시세계로 안내하고 인도하는 문의 역할을 하고 있다. 무리하지 않고, 자극적인 표현이 동원되지도 않지만, 별다를 것 없는 곳에서 피어나는 친근한 향기이자 깨달음을 동반하는 지적인 화두이다.

　파랑새가 쫓아가는 길은 특정한 목적을 지향하는 것도 되겠지만 인생으로 수렴된다. 들의 '끝'에 이르렀을 때는 특정한 사태의 끝도 되겠고, 삶의 길에서의 끝점도 되겠다. 흙이며 나무까지 '낯선' 상태, 더구나 그

---

34) 권영민 편, 『김동리가 남긴 詩』, 문학사상사, 1998, 80.에 소개된 작품의 원문은 "파앙새 뒤쫓다가/들 끝까지 갔었네/흙냄새 나무 빛깔/모두 낯선 황혼인데/패랭이꽃/무더기져 피어 있었네." 이다.

냄새와 빛깔이 이질적인 상황은 가장 원초적인 토대로부터의 이탈이다. 그런 혼돈의 상태에서 등장하는 패랭이꽃은 익숙함이고, 안도감이자 파랑새를 쫓아온 행위에 대한 보상이다. 그래서 아무리 낯선 곳일지라도 낯설지 않다. 여기에 이르면 이승과 저승의 경계마저 무의미지해지는 경지에 도달한다. 바로 우주적 동질성이 형성되는 지점이다.

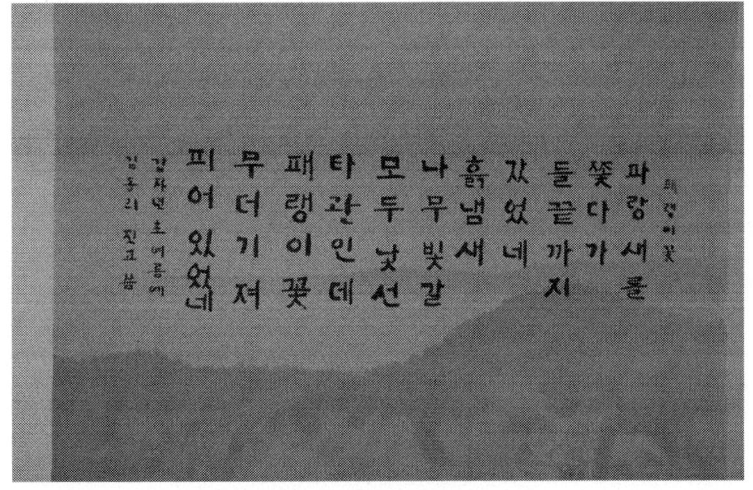

동리문학관에 전시된 패랭이꽃

그의 다른 작품 <안개>[35]의 한 구절 "골짝이고 등성이고 온통 안개로 덮였다"에서도 '패랭이꽃'이 보여 주는 세계를 엿볼 수 있다. 안개는 생의 '이른 아침'부터 '출가'를 생각했던 젊은 시절에 이르기까지 '뿌옇게 감싸고' 있었다. 아랫배 나온 '세상 사람'이 다 되었는데도 여전히

---

35) 권영민 편, 앞의 책, 27 - 28.

뛰어들고픈 맘이 든다는 작가의 고백에서 그의 생과 함께해 온 '안개'의 존재를 확인한다. "나도 모르게 나의 한평생을 짓뭉개고/날 여기까지 휘몰아 온/내 마음속 눈물이/이제 모두 안개되어/지금 여기 내 앞에 와 있단 말인가"라는 구절로 시가 마무리된다.

　서정주 시인에게 '나를 키운 건 팔할이 바람'이었다면, 동리에게 그것은 안개로 승화되고, 패랭이꽃으로 피어난다. 동리 마음속 '눈물'로 표현된 것은 갈망, 좌절, 그리움, 아픔, 외로움 등의 조각으로 구성되는 나의 총체이다. 그것은 동리 삶의 이름표에 다름 아니다. '피보다 더 따갑고 아팠던' 까닭 모를 '마음속 울음'의 원천이 되었던 그 이름들이 '안개'로 재탄생하는 순간은 인생의 노정이 구체화되는 시간이다. 안개를 통해서 합일을 이루는 것은, 모든 것을 포용하면서 동시에 그것을 숨기는, '선명'이라기보다 '두루뭉술함'의 경지다.

〈기차 여행〉[36]

달리는 차창 밖으로, 고향 같은
마을이 내다뵌다.
집집마다 감나무 대추나무
잎새들 몹시 반짝거려
동네가 환히 들여다보인다
툇마루마다 반들반들 닦아져 있고
방 안엔 머리 감아 빗은
달덩이 같은 처녀 꽃수틀 안고 있네
그 앞집 부엌에선
떡시루 김 오르는 거 보이고, 또

---

36) 권영민 편, 앞의 책, 22.

그 옆집 말끔히 쓸어진 뜰의
뽀얀 흙 위엔 암탉 한 마리 졸고
그 곁으로 어린애기 아장 걸어가고 있네
"아, 저기는 내 고향,
내가 자라던 동네
저 아장아장 걷고 있는 애기는
바로 내가 아닐까", 하는 순간
기차는 새된 기적 소리를 지르며
시커먼 터널 속으로 들어가고 있다

여행은 일상으로부터 벗어남이다. 그런 점에서 그것은 자유로움이고 설렘을 동반한다. 새로운 경험의 장이자 주관에서 벗어난 자기발견의 기회이기도 하다. 기차여행이 환기하는 것을 떠올리면, 역시 '동리'답다는 것을 발견한다. 기차여행은 일상을 벗어난 여행이되, 궤도가 정해진 여행이라는 점에서 예측가능하고, 통제가능한 길이다. 그 여행을 통해서 작가가 그리는 세계가 고향이라는 점은 흥미롭다. 고향은 둘일 수 없고 바뀔 수도 없는 것이다. 뿐만 아니라 누구나 가졌으되 좀처럼 누리지 못하는 세계이기도 하다.

시인이 이 작품에서 그리고 있는, 감나무, 대추나무, 툇마루, 떡시루, 암탉 등은 고향의 환유이다. 이들은 우리가 고향을 떠올릴 때 누구의 기억을 빌리더라도 공통으로 구성하는 목록이다. 시인이 그것들의 이름을 하나하나 부를 때마다 고향의 풍경화는 완성도를 더해 간다. 차창 밖으로 보이는 풍경을 해설하는 태도로 진행되던 시인의 이야기에서, 화룡점정은 '애기'의 등장이다. 시인이 말하듯, 뜰의 뽀얀 흙 위에서 암탉 옆을 '아장' 걷는 애기는 '나'이다. 여기에 이르면 지금까지 그린 차창 밖의 풍경은 비로소 시인의 '고향' 풍경이 된다.

시인의 눈에 들어온 것은 '달리는', '차창 밖'의 세계이다. 시속 수십 킬로미터로 달리는 기차의 속도는 애기의 등장으로 '아장' 걸어가는 속도로 치환된다. 이것은 현실의 시간이 기억 속의 시간에 상응하는 것이다. 애기는 나의 시작이자 그곳은 나의 뿌리라는 점에서 화자가 지향하는 곳은 고향 풍경일 수밖에 없다. 고향의 풍경은 몸으로 누리는 풍경이다. 여유가 있는 낮 시간이 적절하고 햇살을 받으면서 그곳의 바람과 새들의 소리를 들을 수 있어야 하고 흙과 나무의 냄새를 맡을 수 있어야 한다. 이 지점에서, 기차 안에서 바라보던 '차창 밖'의 세계에 대한 심리적 거리는 소멸된다.

시의 마지막 두 줄, '기적 소리'와 '터널'이 환기하는 것은 안타까움, 아쉬움, 상처 등을 대변하는 소리이자 그림이다. '새된' 기적소리는 익숙하지 않은 소리이고 고향과 조화될 수 없는 소리이다. 터널이 환기하는 이미지, 어둠과 갇힘과 직선과 산업화 등은 현실의 환유이고, 이것은 앞에서 그리던 고향의 세계와 대립각을 형성한다. 산업화가 보릿고개를 넘게 했지만, 그것이 시작되면서 가장 먼저 희생양이 되었던 사람이 농민이고, 원형을 훼손한 것이 농촌이고, 실체를 숨기고 기억 속으로 사라진 것이 고향이었다는 점을 각인시키는 대목이다.

이 불협화음의 주체는 무엇일까. 현실은 우리가 발을 디디고 있는 토대라는 점에서 부정할 수도, 회피할 수도 없는 실체이다. 그러나 배고픔을 면하고 '기차'가 달리는 그곳에서도 영혼이 행복한가에 대한 질문과 회의는 해소되지 않는다. 시인의 시선이 어디에 머무느냐는 것, 시인의 영혼의 지향점이 어디를 향하느냐는 것, 이 시를 읽는 독자들의 눈길이 어디를 응시하느냐는 것, 이 시가 환기하는 감흥의 에너지가 어떤 파장을 형성하느냐는 것에 대한 해답이 선명하게 드러나는 작품이다. 시인이 지향하는 코드를 구체적으로 확인할 수 있다.

〈귀뚜라미〉[37]

하늘에 하나 가득
별 박힌 가을 밤

땅 위는 온통 귀뚜라미
소리로 차 있다

하늘과 땅은
어둠을 사이 한 가까운 이웃인데

귀뚜라미 소리로 별들은
뜬눈으로 밤을 새운다

이 작품 <귀뚜라미>는 그 소리만큼 아름다운 시다. 밤하늘은 별빛이 가득 채우고 가을 땅은 귀뚜라미 소리가 충만한 풍경을 떠올리는 것은, 산사에서 열리는 음악회장에 있는 것 이상의 평온함과 감동을 준다. 영혼을 세탁하는 정갈한 풍광과 청량한 복음은, 그물에 걸리지 않는 바람의 길처럼 평온하고 자유롭다. '어둠'을 매개로 형성되는 하늘과 땅의 이웃 관계는 우주적 공간의 스케일이다. 그 압도적인 스케일은 육사가 노래했던, 태초의 시간, 광야의 공간에 비견된다. 그런 점에서 귀뚜라미

---

37) 권영민 편, 앞의 책, 18.

소리가 형성하는 것은 우주공동체이다.

이웃의 소리를 듣고 이웃의 마음을 나누는 것은 상대에 대한 관심이자 동지적 관계를 형성하는 것이다. '뜬눈으로 새우는 밤'은 아름다움이자 성스러움이다. 그것은 현실의 가치에서 관계를 형성하는 힘이요 인간다움을 지탱하는 에너지다. 그래서 그것은 추구할 가치요 소중한 미덕이다. 그러나 그것은 현실에서 사라진 전통이란 점에서 우리에게는 그리움의 기억이다. 이 시에서 풍요 속의 단절, 대중 속의 소외된 개체가 드러난다. 우주적 질서가 자아내는 하모니에 대비되어, 현실의 토대에서 외롭고 단절된 존재가 강조된다.

윤동주 시인이 고향의 환유로 노래했던 것에 귀뚜라미 소리가 있다. 시인은 가을날 자신에게 날아온 편지의 한 구절에서 고향의 귀뚜라미 소리를 함께 듣는다. 그 순간은 시인이 '귀뚜라미'라는 코드를 통해서 고향의 풍경과 사람들과 그곳에서의 추억과 그에 대한 그리움과 그것에 대비되는 현실의 고뇌와 외로움이 구체화되는 시간이다. 무게 중심이 한쪽으로 급속히 쏠리게 한 것은 귀뚜라미였다. 동주 시인에게서처럼, 동리 시인도 귀뚜라미를 통해서 그 정신이 지향하는 바가 무엇인지를 보이고 있다. 그가 추구하는 가치가 무엇이며 시인이 누리고픈 현실이 어떤 것인지 독자에게 들키는 장면이다.

〈오동나무꽃〉38)

오래 앓던 늙은이의

---

38) 권영민 편, 앞의 책, 21.

임종이 다가왔다
아버님 생각나시는 거 없으세요?
며느리가 물었다
오냐, 저기
늙은이는 말을 잇지 못했다
할아버지 생각나시는 거 없으세요
손주가 물었다
오냐, 저기,
그리고 이번에는 다시 말을 이었다
오, 오동꽃
식구들은 모두가 귀를 기울였다
저기, 오동꽃
할아버지는 다시 말을 이었다
저 재실 앞 오동나무꽃 보인다
늙은이의 얼굴은 환히 밝아졌다
그리고 숨을 거두었다

이 시의 핵심어는 '재실 앞 오동꽃'이다. 임종의 순간에 떠올리는 가치는 일생의 핵심 코드이다. 여기에 재실이 등장하는 것을 가볍게 지나칠 수 없다. 그것은 조상의 코드이자 '나'의 뿌리와 닿아 있는 길이다. 권정생 시인은 임종의 순간에 '어머니'를 반복해서 불렀다고 한다. 권정생은 수많은 동화를 통해 어린이 독자는 물론 성인들의 영혼을 맑히는 종소리를 울린 작가다. 절제와 금욕을 실천했던 순교자적인 삶은 우리가 흉내 내기 어려운 길이었는데, 그도 어머니를 불렀다. 일생 동안 걸어온 삶의 가치를 어머니 품으로 돌려놓은 것이다.

이와 달리 동리 시에서는, 재실 앞에 핀 오동꽃이 늙은이의 얼굴에 웃음을 가져왔다는 사실에 주목할 수밖에 없다. 오동꽃을 떠올림으로써 웃음으로 숨을 거두었다는 사실은, 이생에서의 평생을 살아온 삶의 값에 상응하는 교환가치가 오동꽃이었다는 점을 의미한다. 그의 다른 작품 <아카시아꽃>이나 <찔레꽃>, <살구꽃>, <들국화> 등에도 꽃이 등장한다. 이들은 모두 동네에서 삶과 함께해 온 친근한 꽃들이다. 이 오동꽃은 <연>, <연꽃 필 때>, <연꽃 피는> 등에 등장하는 연꽃이나 <꽃>, <꽃다발>에서 통칭하는 꽃들이 축조해 내는 의미와 맥을 같이 한다.

동네에서 철 따라 피는 꽃이 환기하는 것을 떠올린다. 계절이 바뀌는 우주적 질서에 가장 민첩하고도 민감하게 반응하는 것이 꽃이다. 긴 겨울의 끝자락에서 봄을 알리는 선봉대, 여름의 더위와 힘겨운 노동을 향한 위로의 노래, 결실을 앞둔 가을을 전해 오는 희망의 등불, 어려움을 견디며 전해 주는 기다림의 지혜 등이 민초들에게 경험으로 각인된 꽃의 기억이다. 만약 우리가 시 속에 등장하는 '늙은이'를 작가로 대치할 수 있다면, 임종의 장면은 뿌리나 고향, 전통을 향한 '구심력'이 강하게 작용하고 있는 동리의 의식이 드러나는 순간이다.

〈무지개(2)〉[39]

숲 속에 물 솟는 소리
물 괴는 소리

청산(靑山)에 물 솟는 소리
물 괴는 소리

---

39) 권영민 편, 앞의 책, 37.

내 사랑은 사철
가슴속 피는 꽃

가슴속에 무지개 솟는 소리
무지개 괴는 소리

하늘과 땅 사이엔
사랑의 무지개
이승과 저승 사이에
다리 놓는 무지개

시에서 보이듯이, 무지개는 하늘과 땅, 이승과 저승을 연결한다. 육사의 시 <절정>에서 강철로 된 무지개가 '구름다리' 역할을 했듯이, 동리의 이 시에서도 무지개는 다리다. 그것은 통로이자 문이며 연결 짓는 고리이자 단절 해소의 매개라는 점에서 소통의 코드이다. 이를 두고 이근배 시인은 "어디 길가에서라도 들을 수 있을 것 같은 말들, 그러나 그 말 속에 담긴 뜻의 깊이는 우주처럼 깊고 넓다."[40]고 하였다. 시에 대한 동리의 인식을 '우주 참여로서의 시'로 규정[41]한 것도 이와 맥을 같이한다. 우주와 소통하는 코드로서의 시다.

무지개는 언중의 인식 속에서 아름답게 피어오른다는 점에서 소중한 가치를 형성한다. 그것은 서로 이어 주거나 단절을 해소한다는 기능적인 측면과 별도의 것이다. 무지개가 한강 철교나 대륙 간을 운행하는 여객기와 다른 가치를 형성하는 것은 이 때문이다. 하늘과 땅 사이에 사랑의

---

40) 이근배, 우주와의 화음이 서린 시정신, 권영민 편, 앞의 책, 146.

41) 손병희, 「실존 혹은 절벽 위에 핀 꽃」, 구인환 외, 『김동리 문학 연구』, 도서출판 살림, 1995, 605 - 609.

무지개는 <귀뚜라미>에서 드러났던 우주의 교감이 다시 강조되고 있다. 또한 <패랭이꽃>에서 형성되었던 이승과 저승을 초월하는 경지가 다시 드러나고 있다. '무지개'는 일상의 작은 움직임을 놓치지 않으면서 이를 우주적 교감으로 아름답게 승화시킨다.

3.2 이력과 작품 목록

연보42)

1913년 음력 11월 24일 경북 경주시 성건리 186번지에서 김임수와
　　　　허임순의 5남매 중 막내로 태어남.

1920년 경주 제일교회 부설 계남소학교 입학.

1926년 대구 계성중학교 입학. 부친 별세.

1929년 경신중학교 3학년으로 편입했다가 4학년 때 중퇴하고 귀향.
　　　　동서양의 고전 철학 및 문학에 심취. 『매일신보』와 『중외일
　　　　보』에 시 <고독>, <방랑의 우수> 및 수필 발표.

1934년 『조선일보』 신춘문예에 시 <백로(白鷺)> 입선.

1935년 『조선중앙일보』 신춘문예에 단편소설 <화랑의 후예> 당선.
　　　　경남 사천으로 이사.

1937년 서정주, 김달진 등과 『시인부락』 동인에 참여. 해인사의 말사
　　　　였던 다솔사 부설 광명학원에서 교편생활.

---

42) 권영민 편, 앞의 책(161 – 164)을 주로 참고했다.

1938년 11월 21일 김월계와 혼인.

1942년 6년간 교편 잡았던 광명학원 폐쇄. 이후 절필 선언. 8·15 해
방까지 침묵.

1946년 조선공산당 계열의 문학가동맹에 맞서 서정주, 박두진, 조지
훈, 곽종원, 박목월, 조연현 등과 함께 한국청년문학가협회를
결성하고 초대 회장에 피선.

1947년 공산주의 계열의 계급주의 민족문학론에 대항하여 인간주의 민
족문학론 제창. '본격문학'이란 용어 사용. 첫 창작집 『무녀도』
펴냄.

1949년 제2창작집 『황토기』 펴냄.

1951년 한국문총 사무국장. 문총구국대 부대장 및 한국문학가협회 부위
원장 역임. 피난지 부산에서 제3창작집 『귀환장정(歸還壯丁)』
펴냄.

1957년 장편소설 『사반의 십자가』 펴냄.

1963년 제5창작집 『등신불』 펴냄.

1967년 5권으로 된 『김동리대표작선집』 펴냄.

1968년 『월간문학』 창간.

1973년 중앙대학교 예술대 학장 취임. 명예 문학박사학위 받음. 『한국
문학』 창간. 회갑기념 제6창작집 『까치소리』, 수필집 『사색과
인생』, 첫 시집 『바위』 펴냄.

1981년 대한민국예술원 회장에 피선.

1983년 한국문인협회 이사장에 피선. 제2시집 『패랭이꽃』 펴냄.

1995년 6월 17일 별세.

1998년 6월 17일 서거 3주기를 맞아 이문구, 이동하, 황충상, 이채형, 유만상, 감태준 등이 김동리기념사업회를 만들고 이문구가 회장에 피선. '동리문학상' 제정.

1998년 11월 24일 제1회 동리문학상 수상자 시상식 개최. 수상작은 서정인의 중편소설 『베네치아에서 만난 사람』.

2005년 서거 10주기를 맞아 '김동리문학제'를 개최키로 하고 김동리기념사업회 제2대 회장에 김주영 피선.

2006년 3월 24일 동리·목월문학관 개관

시집 목록

김동리, 『바위』, 일지사, 1973.

김동리, 『패랭이꽃』, 현대문학사, 1983.

권영민 편, 『김동리가 남긴 詩』, 문학사상사, 1998.

시 발표 연대기[43)]

1934년 5월 <고목(古木)> 가톨릭청년.

1936년 11월 <호올로 뭐라고 중얼거리며 가느뇨>, 시인부락.

1936년 11월 <나긴 밤에 낫지만>, 시인부락.

1936년 11월 <간이는 간이는 다시 없네>, 시인부락.

1936년 11월 <행로음(行路吟)>, 시인부락.

1954년 3월 <젊은 미국(美國)의 깃발>, 문예.

---

43) 권영민 편. 앞의 책(165)을 주로 참고했다.

1965년 5월 <보이지 않는 깃발>, 새벽

1989년 11월 <은하>, 민족과문학.

1989년 11월 <세월(歲月)>, 민족과문학.

1989년 11월 <봄풀>, 민족과문학.

1989년 11월 <저녁 때마다>, 민족과문학.

1989년 11월 <황혼>, 민족과문학.

1989년 11월 <별>, 민족과문학.

1989년 11월 <송별(送別)>, 민족과문학.

1989년 11월 <비행기>, 민족과문학.

1989년 11월 <어둠>, 민족과문학.

1989년 11월 <동화(童話)>, 민족과문학.

1998년 7월 <달밤> 등 유작 30편, 문학사상.

3.3 문학관 풍경

동리·목월문학관

동리·목월문학관은 토함산 자락에 자리 잡았다. 사단법인 '동리·목월기념사업회'는 2000년 12월 1일 김동리와 박목월의 문화적 업적을 기리는 기념관을 세워서 지역사회의 정신문화를 견인하는 문화의 전당으로 만들자는 취지로 장윤익, 오해보, 서영수 등 13명이 모여 '동리·목월기념관 건립추진위원회'를 결성함으로써 시작되었다. 경주시와 공동으로 문학관 건립을 위해 예산 40억을 조성하는 데 일익을 담당하였으며,

이후 부지 선정부터 건물의 기초 설계, 내부 장식, 전시의 작업진행에 대한 조언, 개관 행사 등을 기획했다.[44]

　개관 이후에도 기념사업회는 문학관 운영을 위한 교육 프로그램의 개발, 동리·목월의 연구서 발간과 유품관리, 문학관의 홍보 및 관련된 각종 행사의 계획과 진행 등 문학관의 위상을 높이는 사업을 지속적으로 진행하고 있다. '동리·목월 문예 창작 대학'은 강좌의 질적 수준이 높을 뿐 아니라 수료생 중에 다수가 신춘문예 등으로 등단함으로써 경주 문맥을 이어 가는 산실의 역할을 하고 있다. '동리·목월 문학제', '동리·목월 문학상' 등의 비중 있는 사업도 기념사업회에서 주관하고 있다. 이런 의욕적인 활동의 동력이 되는 것이 '동리와 목월'이라는 브랜드다.

동리·목월문학관 전경

---

44) 동리목월문학관, http://www.dmgyeongju.com/을 주로 참고했다.

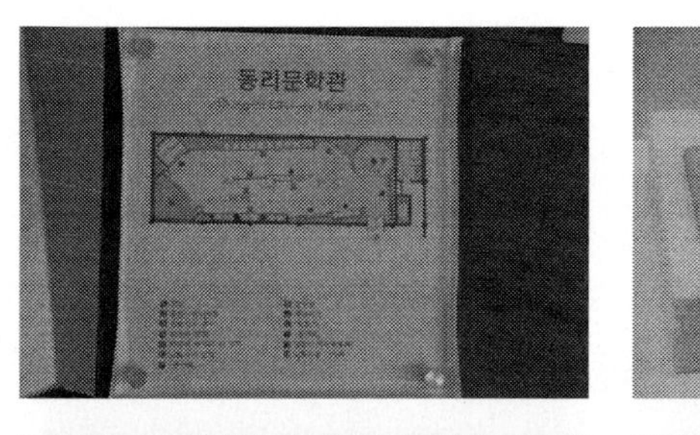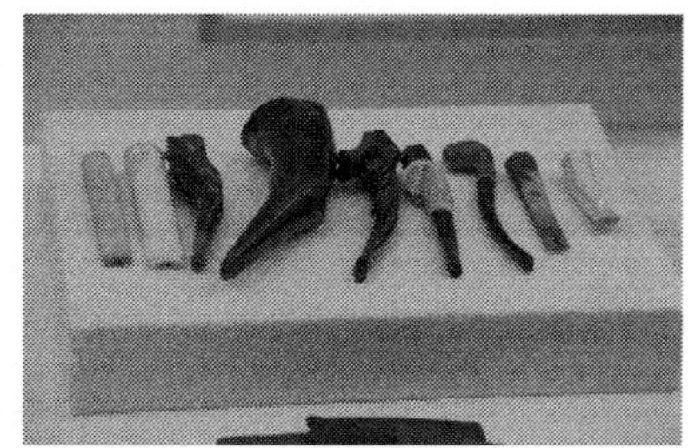

(왼쪽 위부터 시계방향으로) 동리문학관 안내판, 동리의 파이프, 장윤익 관장, 동리 동상

경주

경주대 총장을 지낸 장윤익 관장은 "경주는 시의 고향이자 소설의 고향"이라고 힘주어 말한다. 신라 향가가 경주에서 탄생되었고, 김시습의 『금오신화』가 쓰인 곳이 바로 경주라는 근거에서다. 경주가 향가의 고향이라는 점은 한국문학사, 특히 시(가)사에서 중요한 의미를 지님에 틀림없다. 동리와 목월도 문도(文都) 경주의 수혜자이면서 동시에 탑을 쌓은 작가이다. 문학관에서 하고 있는, 시민들과 함께하는 '동리·목월의 작품 배경을 찾아가는 문학기행'이나 '시 낭송 강좌' 운영도 문학의 '고향'으로서의 경주의 이름을 이어 가는 길이다.

동리에게도 '경주'는 특별한 것임에 틀림없다. 그의 삶에서 경주가 차지하는 자리도 그러하려니와 그의 작품에서 경주는 공간적 개념을 넘어 동리 영혼의 뿌리에 닿아 있다. 동리 자신이 쓴 글에서도 그것을 확인할 수 있다. <무녀도>, <달>, <바위>, <황토기> 등의 소설 작품뿐만 아니라, "고향은 고분의/천년고도"로 시작되는 시 <귀거래행>도 동리에게 있어서 경주의 자리를 보여 준다. "나는 오랜 옛 서울의/한 이름없는 마을에 태어나,/부모형제와 이웃 사람의 얼굴,/그리고 하늘의 별들을 볼 적부터"로 이어지는 <자화상>에서도 '옛 서울'은 신라의 수도 경주이다.

> 경주는 고조선 이후의 무속적 분위기에, 통일 신라의 불교가 접목되어 형성된 독특한 정신적 전통을 지니고 있다. 김동리가 자라던 때, 경주는 신라 고도(古都)의 옛 분위기가 훼손되지 않은 그대로의 모습을 간직하고 있었다. 토속적·무속적 분위기가 짙게 감도는 경주의 분위기는 어린 시절 김동리의 내면적 정서의 기조를 이루었다. 김동리가 작품을 통해 신라문화와 신라혼에 대해 깊이 천착했던 것은 자신이 태어난 고장 경주가 한국 혼을 상징하는 공간이기 때문이었다. 자연과 민족의 신에 대한 남다른 관심을 가지고 있었던 김동리에게 경주의 자연과 샤머니즘적 분위기는 그의 얼을 지탱해 주는 뿌리 구실을 했다.[45]

소설가 서영은도 '경주에서 태어난다는 것'[46]에 대해서 적고 있다. 경주는 김동리 안[內]의 핵이었으며, 자신은 지금도 경주에 대한 깊은 그리움과 동경을 품고 있다고 고백한다. 이어서 그는 경주에서 태어나서 성장하고 사춘기를 보내는 것은, 제주도나 부산, 인천, 철원에서 태어나 성장하는 것과는 '전혀 다른 것'이라고 말한다. 경주는 그곳에서 태어나

---

45) 동리목월문학관 전시물의 내용에서 부분 인용.
46) 서영은, 「김동리 안의 경주 또는 무극(無極)」, 권영민 편, 앞의 책, 153 - 160.

는 사람에게 그 이상의 의미를 살게 하는데, 김동리의 경우엔 경주가 '더욱 특별'했다고 증언하며, 사람이 경주에서 태어난다는 것의 의미를 동리를 통해 어렴풋이나마 알게 되었다고 한다.

동리·목월문학관에서 발견하는 미당 서정주의 글이다. 폐도 경주에 떠오른 무지개. 필자가 문학관을 두 번째 방문했을 때 문학관 방명록에 남긴 글도 "경주에 떠오른 무지개"였다. 무지개가 갖는 사전적 의미가 있지만, 동리의 시나 미당의 글이나 오늘날 문학관을 찾는 이들이 몸으로 체험하는 무지개는 단연 사전의 의미를 초월한다. 미당의 <김동리찬>에 대해서 김윤식 교수는 미당과 동리의 삶과 작품 세계를 지배하는 하나의 코드를, 바로 이 무지개를 통해서 풀어내기도 했다.[47] 동리에게서 '경주'를 뺄 수 없듯이, 무지개 또한 그런 위치다.

첫 시집 『바위』의 후기에서 작가 자신이 밝힌 시론 중에 "시는 본질적으로 '우주 참여'에 맞다."[48]고 한 바 있다. 경주가 가진 것은 신라의 것과 연결된다. 신라에 대한 탐구가 동리의 경주에 대한 해답을 얻는 길이기도 하다. 서영은이 동리와의 생활을 회상하며 "신령을 믿었고, 신령

---

47) 김윤식, 『김동리와 그의 시대』, 민음사, 1995.
48) 권영민 편, 앞의 책, 144.

은 자연 속에 깃들어 있었다. 신령스런 것과 접할 수 있는 공간이 산이었고, 신령의 마음에 가장 잘 감응하는 영매가 꽃이었고, 신에게 가장 어여삐 받아들여지는 정신은 화합이었다."[49]고 증언한 것을 보아도, '경주'와 '무지개'야말로 동리의 생각과 동리 시 세계의 근원이다.

---

49) 권영민 편, 앞의 책, 154 요약 인용.

4. 박목월: 자하산 아래 보랏빛 나그네

　박목월 시인을 기억하는 사람들은 『청록집』을 떠올린다. 그로 인해서 목월은 조지훈, 박두진 시인과 함께 기억된다. 386세대라면, <나그네>의 한 구절을 읊조리게 마련이다. '술 익는 마을마다 타는 저녁놀'. 저녁놀의 붉은 풍광과 잘 익은 술이 어우러지며 환기하는 세계는 한국인의 보편적 정서를 자극한다. 가장 한국적인 사람이 가장 민감하게 반응할 수 있는 시가 그의 작품이다. 그래서 목월 시인을 두고 '한국어로 도달한 순수서정시의 궁극'이라 평한 이도 있다. 이런 평가는, 민족의 고유성에 뿌리를 두고 부단히 새로운 길을 모색한 결과이다.

　어느 시대에나 현실은 고단하고 어렵다. 부조리와 불공평과 동거해야 하는 것은 고역이다. 시대의 절망적 현실에 '향토적'인 것으로 맞선 시인이 목월이다. 그 속에서 애착을 갖고 그 속에서 영원을 갈구하며 상상력으로 견고한 구조물을 구축하였다. 그런가 하면 조선청년문학가협회를 만들고 조선문필가협회 등에 참여하고, 출판사를 운영하고, 『시문학』 같은 잡지들을 간행했다. 현실을 피해 가지 않았다. 문학에서도 늘 새로운 형식을 탐구하고, 새로운 세계를 지향하였다. 그의 시가 <나그네>의 세계에 갇히지 않는 것은 시인의 부단한 노력 때문이다.

4.1 대표 작품

〈임〉50)

내ㅅ사 애달픈 꿈꾸는 사람
내ㅅ사 어리석은 꿈꾸는 사람

밤마다 홀로
눈물로 가는 바위가 있기로

기인 한밤을
눈물로 가는 바위가 있기로

어느 날에사
어둡고 아득한 바위에
절로 임과 하늘이 비치리오

이 작품은 『청록집』에 실린 목월의 15작품 중 하나이다. 해방 이듬해
발간된 청록집이 한국 시사에서 차지하는 위치를 여기서 논하는 것은
사족이다. 소위 민족진영에서 출판된, 해방 후의 첫 순수시집으로 평가
된다. 박목월, 조지훈, 박두진 3인의 작품을 15수씩 묶은 것이며, 이 작
품집으로 인해서 이들을 청록파라 부르게 된 것도 알려진 사실이다. 역
사라는 것이 이렇게 형성된다는 것을 발견할 수 있는 대목이다. 한국 문
학사의 핵심어 하나가 시집 한 권의 출간으로 탄생했고, 시인들을 묶는
범주 하나가 그것에서 출발했다는 사실을 가볍게 볼 수 없다.

---

50) 박목월, 『한국대표시인 101인 선집—박목월』, 문학사상사, 2007, 21.

‘애달픈 꿈꾸는 사람’에 대해서 시인은 “나 자신이요 우리 겨레일 수도 있었다.”[51]고 밝힌 바 있다. 물론 오늘날의 독자가 시인의 특수한 경험의 한계에 구속되거나 시인이 밝히는 의도에 얽매일 필요는 없다. 어떻게든 창작된 시대를 대입해서 작품의 의미를 확정하려는 시도 역시 고집할 필요는 없다. 새로운 맥락에 따라 의미는 다양하게 생성되는 것이 문학의 세계이기 때문이다. 작가가 “님은 조국이요, 하늘은 광복”[52]이라고 했지만, 임이 “연인이나 혹은 국가 같은 ‘구체적 대상’이 아니다.”[53]는 지적은 이런 사정을 보여 준다.

‘기인 밤’에서 밤이 주는 이미지는 고난이나 난관 등 화자가 극복하기를 바라는 상황으로 총칭할 수 있다. 그 밤이 길다는 것은 좀처럼 극복하기 어려운 상황이다. 작가가 말하는 식민지 상황이 이에 부합하는 예다. 황진이의 시조에 등장하는, 임을 기다리는 긴긴 겨울밤도 이와 같다. 긴긴 밤의 암울한 상황은 ‘눈물’이 대변하고 있다. 바위를 갈아 그것이 거울처럼 반짝이게 하는 인고의 세월이 내포된 구절이다. 그 세월의 무게 뒤에 바위에 비칠 ‘임’과 ‘하늘’은 시인의 꿈이다.

윤동주의 <참회록>에도 ‘녹슨’ 청동거울이 등장한다. 창씨개명이라는, 자신의 뿌리를 스스로 부정해야만 하는 상황에 맞선 시인의 고뇌가 표현된 대목이 그것이다. 스스로를 지키며 살아온 20년의 가치가 통째로 훼손되는 순간이 ‘성을 가는’ 것이었다. 시인이 경험한 굴욕과 스스로에 대한 자책은 거울을 닦는 행위로 표현된다. 그 절박함과 간절함은

---

51) 박목월, 『나와 청록집 시절』, 앞의 책, 308.

52) 박목월, 앞의 책, 309.

53) 오세영, 「‘영원’ 탐구의 시학, 박목월」, 앞의 책, 334.

"밤이면 밤마다 나의 거울을/손바닥으로 발바닥으로 닦아 보자."로 표현된다. 바위에 비칠 임을 그리는 이 작품은 거울 속에 나타날 '슬픈 사람의 뒷모양'을 기약하는 <참회록>과 닮았다.

<나그네>[54]
- 술 익는 강마을의
저녁노을이여 - 지훈(芝薰)

강(江) 나루 건너서
밀밭 길을

구름에 달 가듯이
가는 나그네

길은 외줄기
남도(南道) 삼백리(三百里)

술 익는 마을마다
타는 저녁놀

구름에 달 가듯이
가는 나그네

<나그네>는 목월의 초기 작품으로, 흔히 대표작으로 이야기된다. "술 익는 강마을의 저녁노을이여 - 지훈(芝薰)"이라는 부제에서 그 사정을 엿볼 수 있듯이, 조지훈의 <완화삼(玩花衫)>에 대한 화답시로 알려져 있다. 일제강점기의 현실이 암울함에도 불구하고, 시인 특유의 유

____

54) 박목월, 앞의 책, 26.

유한 흐름을 느낄 수 있는 작품이다. 나그네는 '흐름'을 키워드로 한다. 고정되거나 정착되는 순간 이미 나그네가 아니다. 그런 점에서 "구름에 달 가듯이"는 나그네와 가장 부합하는 표현임에 틀림없다. 구름 사이로 달이 흘러가는, 한국적 정서까지 잘 품고 있다.

우리 문학사에서 김삿갓이 나그네를 잘 대변하는 시인이고, 춘향전에서 백성을 착취하는 부패관료에게 시를 던지는 암행어사[55]도 그와 같은 맥락이다. '과객(過客)'이라는 말도 우리에게 익숙한 표현 중 하나다. 이들이 형성하는 이미지는 한국어 언중이 공유하는 것이다. 나그네의 이런 이미지는 고통스러운 현실의 고착을 완화시키는 데 기여한다. 언중들에게 나그네는 변화의 '아이콘'으로서의 지위를 누리며, 새로운 소식을 전하는 '메신저'로서의 역할을 한다. '저녁놀'은 그런 점에서 나그네에 가장 잘 어울리는 일기(日氣)이다.

현실의 고통이 클수록 그것을 변화시키거나 극복하려는 반동도 커지기 마련이다. 그런 에너지가 축적되어 변화의 물꼬를 트는 것이 역사다. 우리에게 친숙한 이 작품에서 '성숙'의 이미지로 드러난 것이 '저녁놀'과 '술 익는'이다. 그것은 오랜 기다림의 결과이기도 하고, 완성의 도래를 예고하는 것이기도 하다. 성숙이라는 저녁놀, 그리고 그것과 부합하는 나그네[56]가 연결되어 생성하는 의미는 현실 변화의 에너지요 희망이다. 그것은 일상에 지친 민중에게는 위안이면서 일상에 지친 몸을 기댈 언덕이고, 새벽을 기다리는 희망이 된다.

---

55) 金樽美酒千人血이요 (금잔의 좋은 술은 천 사람의 피요)/ 玉盤佳肴萬成膏라 (옥쟁반 위의 맛있는 안주는 만백성의 기름이라.)/ 燭淚落時民淚落이고 (촛물이 떨어질 때 백성눈물 떨어지고)/ 歌聲高處 怨聲高라 (노랫소리 높은 곳에 백성의 원망소리 높아라.)

56) '새벽'에 찾아오는 손님은 '나그네'와는 어울리지 않는다.

동리의 작품 중에 <뚝새풀>이 있다. "뚝새풀 무논에/개구리 운다//
나루 건너 재 너머/장터는 오십리(五十里)// 막걸리 젖은 옷깃의/장꾼 돌
아오지 않는데// 어스름 달밤을/뻐꾸기 운다"[57] <나그네>와 비교했을
때, 작품이 담고 있는 메시지는 다르지만, 그것이 그리고 있는 정조는
같다. '저녁놀'과 '술 익는 마을'과 '구름에 달 가듯이 가는 나그네'에
서 느낄 수 있는, '한국인'이라면 떠올릴 수 있는 그림, 한국인이라면 가
슴으로 감지할 수 있는 파동을 이 작품에서도 경험할 수 있다. 목월이
그려 내는 한민족 코드가 동리와도 맥이 닿고 있다.

〈山桃花〉 1[58]

山은
구강산(九江山)
보랏빛 석산(石山)

산도화(山桃花)
두어 송이
송이 버는데

봄눈 녹아 흐르는
옥 같은
물에

사슴은
암사슴
발을 씻는다

---

57) 권영민 편, 앞의 책, 26.
58) 박목월, 앞의 책, 44.

이 시에서 '구강산'은 실존하는 것이 아니다. 곽재구 시인의 등단작 <사평역에서>를 기억하는 사람들이 전라도 어느 한적한 곳의 역 이름을 떠올릴 수 있지만, 그 역시 상상 속의 역이다. 목월의 시 <청노루>에 등장하는 청운사도 상상의 공간이다. '보랏빛'이라는 신비로움으로 덧칠하고, '석산'이라는 범상치 않은 분위기로 치장한 구강산은 일상과 현실에서 벗어난 것임에 틀림없다. 둘째 연의 '산도화'와 셋째 연의 '옥 같은 물', 그리고 마지막 연의 '사슴'이 어우러져서 생성하는 이미지는 '고결함', '정갈함' 등이다.

체언 중심으로 구성된 이 작품에 등장하는 술어, "봄눈 녹아 흐르는"과 "암사슴/ 발을 씻는다"에 주목한다. 겨울을 깨우는 계절로서의 봄, 그리고 눈이 녹음으로써 생성되는 물이 '흐름'이라는 역동적 이미지와 결합되는 구절이 앞의 것이다. 봄이라는 생명의 기운에 부응하는 것이 '암사슴'이라는 새로운 생명이 잉태되는 모태이다. 그리고 발을 '씻음'은 정갈함을 강조하는 표현이면서, 티를 걷어 내는 의미[59]를 갖는다. 금줄을 치는 행위가 이끌어 내는 성스러움과 같다. 새로운 생명, 새로운 세상에 대한 소망이 한국적 정서로 그려진 작품이다.

〈귀밑 사마귀〉[60]

잠자듯 고운 눈썹 위에
달빛이 나린다
눈이 쌓인다

---

59) 목욕재계와 부응하는 이미지다.
60) 박목월, 앞의 책, 32.

옛날의 슬픈
피가 맺힌다
어느 강(江)을 건너서
다시 그를 만나랴
살눈썹 길슴한
옛 사람을

산(山)수유꽃 노랗게
흐느끼는 봄마다
도사리고 앉인 채
도사리고 앉인 채
울음 우는 사람
귀밑 사마귀

    동리에게서 그러하였듯, 목월에게도 경주는 특별하다. 그들에게 경주는 물론 신라다. 그것은 신라의 역사이고, 신라인들이며 신라인의 생각이자 생활이고, 신라의 신화와 이데올로기이기도 하다. 목월은 <춘일>에서 '신라 천 년'의 '타는 노을'을 노래했다. 여기서 신라의 천 년은 신라의 살아 있는 역사 천 년과 신라가 사라진 후의 천 년이라는 의미를 함께 갖는다.61) 살아서 천 년 죽어서 천 년이라는 주목나무의 이야기처럼, 나무는 그 수명만큼 목재로서의 수명을 갖는 것처럼, 신라는 '천 년을 타는' 저녁놀이다. 이렇게 경주는 꺼지지 않는 불꽃이다.

    <귀밑 사마귀>는 낙랑공주를 노래한 것으로 알려져 있다. 마의태자와의 이루지 못한 사랑이 천 년을 이어 온 것이다. '피가 맺힌' 슬픈 세월은 날마다 피어나는 놀이 되어 천 년을 살았다. 목월은 그 사랑을 시

---

61) 박목월, 앞의 책, 324.

에 담아 꽃을 피워 냈다. 이 작품 마지막 행 '귀밑 사마귀'는 낙랑공주의 환유다. 그는 낙랑공주이고, 나아가 모든 비련의 여인을 대신한다. "도사리고 앉인 채/울음 우는 사람", 그 사랑의 비극이 해마다 봄이면 산수유 꽃과 함께 피어난다. 그 '흐느낌'은 '다시 그를 만날' 희망을 피우며 기다림의 뿌리를 내린다. 기다릴지언정 포기할 수는 없는 운명이다.

그런 점에서 이 시는 그 시들지 않는 사랑의 꽃이다. 역사적 사실로서의 낙랑공주 이야기에 대해서 최근 논란이 일기도 했지만, 마의태자와 낙랑공주의 이야기는 한민족 공동체의 의식 속에 실존한다. 임에 대한 한 여인의 지극한 사랑이 공주라고 해서 예외일 수 없다. 이 작품에는 그 사랑이 녹아 있고, 공주의 삶은 이 작품으로 인해 새롭게 피어났다. 그 사랑은 경주에 대한 언중의 기억과 삶으로 확장된다. "달빛이 나린다/눈이 쌓인다"는 구절, 그 세월을 살아 피어나는 것은 전통이나 뿌리 혹은 고향에 대한 가치 부여 행위이기도 하다.

〈하관(下棺)〉[62]

관(棺)이 내렸다.
깊은 가슴 안에 밧줄로 달아 내리듯
주여
용납(容納)하옵소서
머리맡에 성경(聖經)을 얹어주고
나는 옷자락에 흙을 받아
좌르르 하직(下直)했다.

---

62) 박목월, 앞의 책, 78 - 79.

                              *

그 후로
그를 꿈에서 만났다.
턱이 긴 얼굴이 나를 알아보고
형(兄)님!
불렀다.
오오냐 나는 전신(全身)으로 대답했다.
그래도 그는 못 들었으리라
이제
네 음성(音聲)을
나만 듣는 여기는 눈과 비가 오는 세상.

                              *

너는
어디로 갔느냐
그 어질고 안쓰럽고 다정한 눈짓을 하고
형님!
부르는 목소리는 들리는데
내 목소리는 미치지 못하는
다만 여기는
열매가 떨어지면
툭 하는 소리가 들리는 세상.

　『박목월 평전』에 "'영호 사망'이란 전보를 받고 허겁지겁 경주로 달려간 목월은 아우의 관을 안고 울었다. 뒷날에 쓴 <하관>이란 시는 그 이후 영호의 죽음을 애도하는 작품이다."[63]라는 구절이 있다. 아버지 상

---

63) 이형기, 『박목월 평전』, 박목월, 앞의 책, 328.

을 당한 지 몇 달이 지나지 않아 아우마저 떠난 것이다. 아우를 먼저 보낸 목월이 겪었을 참담함은 능히 짐작할 수 있다. 이 작품 <하관>에 30대 초반의 나이에 폐결핵을 앓다 생을 마감한 청춘에 대한 안타까움과 혈육을 가슴에 묻는 찢어지는 심정이 고스란히 담겨 있다. 정제된 표현이기에 그 슬픔이 농도와 깊이를 더한다.

폐렴으로 떠나보낸 자식을 두고 노래한 시로 정지용의 <유리창>을 기억한다. "유리에 차고 슬픈 것이 어른거린다."로 시작되는 아름답고도 아픈 작품이 <유리창>이다. "지우고 보고 지우고 보아도"라는 구절에는 자식을 보낸 보통 부모의 모습이 드러난다. "폐혈관이 찢어진 채로" 날아간 산새는 별이 되어 살아남은 자의 가슴에 보석처럼 박힌다. 매일 밤 떠오르는 별은 밤마다 반짝이지만, 그것은 유리창 '너머'의 풍경이다. 여기서 유리창은 부모와 자식, 이승과 저승을 소통시키는 매체이면서 동시에 그 사이에 가로놓인 벽이다.

동생의 이름 대신 '그'라고 지칭한 것에 주목한다. '영호야!' 혹은 '(영호) 동생아'이라고 평생을 불렀을 이름이다. '그'라는 3인칭은 그만큼의 거리가 생성되었음을 의미한다. 둘째 연에서, 꿈에서 만난 동생이 '형님!'이라고 불렀고, '전신'을 다해 답했지만, "그는 못 들었으리라"고 말하는 대목은 시인의 의식을 그림으로 그리듯 보여 주는 장면이다. 전신을 다해 대답해도 동생은 나의 대답을 들을 수 없는 세계에 있다. 이 대목은, 존재 소멸의 아픔보다 소통 불가의 현실이 주는 고통이 시인에게 더 치명적이라는 것을 보여 준다.

사건의 전과 후는 '이제'라는 시구가 갈라놓고, "네 음성을/나만 듣는 여기는 눈과 비가 오는 세상"이라는 진술이 이어진다. 내 뜻을 전할 수 없는 '여기'는 고립무원의 공간이다. 동생이 생을 달리하면서 새롭게 생성된 공간에서 갇힌 이는 나요, 닫힌 공간은 이승이다. '여기'는 '눈과 비'가 오는 세상이라는 표현은 그런 인식을 잘 보여 준다. 여기서 눈비는, 눈비가 함께하는 아픈 현실이라는 작가의 인식이 드러난 구절이다. 필자에게 '눈에서 비가 오는' 세상으로 오독되는 것은, 시인의 눈에서 멈출 수 없었던 비가 내렸기 때문인지도 모른다.

셋째 연에서 "열매가 떨어지면/툭 하는 소리가 들리는 세상."이라는 표현에 주목하지 않을 수 없다. 여기서 '떨어짐'은 첫 연에서의 '좌르르 하직'과 의미의 고리가 꿰어진다. 작가 특유의 언어적 감각으로 구현한 것이 '좌르르'이다. 흙이 던져지는 소리인 듯하지만, 그것이 형성하는 어감은 '속수무책의 절망감'이라는 작가의 심정에 더 가깝다. '하직' 또한 언어술사의 경지에 이른 표현이다. 영상 이미지로는 흙이 곧장 떨어지는 그림으로 표현되겠지만, '하직 인사하다'에서처럼, 마지막 인사를 하는 시인의 심정이 강하게 드러난 구절이다.

열매가 '떨어짐'의 세상에 대한 표현에서, 열매는 나무의 핵심 가치요 노력의 결실이요 성과다. '좌르르 하직'이 생성하는 낭패와 좌절과 아픔의 이미지는 여기까지 연결된다. 열매가 떨어지는 낭패의 현실, 그것이 내지르는 '툭' 하는 둔탁한 음. 그 소리는 떨어지는 주체의 소리이기도 하지만, 그것을 인식하는 주체의 심중에서 생기는 파장이기도 하다. 생명줄이 '툭' 끊어지는 순간의 당혹감과 낭패감이 증폭되는 소리이다. 작가가 발을 디디고 있는 이승에서, 남은 자가 인지하는 고통의 현실이 감각적으로 표현되어 있다.

아우의 죽음이 등장하는 노래로 월명사가 지은 것으로 알려진 향가

<제망매가>가 있다. "생사로(生死路)는/여기 있으매 두렵고/나는 간다 말도 못다 이르고 갔느냐/어느 가을 이른 바람에/여기저기 떨어지는 잎처럼/한가지에 나고/가는 곳 모르는구나/아으 미타찰에서 만나볼 나/도(道) 닦아 기다리겠노라."로 번역되는 작품이다. 이 작품에 나타난 삶과 죽음에 대한 인식이 특정 작가의 것이라기보다 '신라인 모두가 공통적으로 지니고 있었던 것'[64]으로 본다면, 목월에게 이어진 문학적 전통의 뿌리가 여기에 닿아 있음을 확인할 수 있다.[65]

〈만술(萬述) 아비의 축문(祝文)〉[66]

아배요 아배요
내 눈이 티눈인 걸
아배도 알지러요.
등잔불도 없는 제삿상에
축문이 당한가요.
눌러눌러
소금에 밥이나마 많이 묵고 가이소.
윤사월 보릿고개
아배도 알지러요.
간고등어 한 손이믄
아배 소원 풀어드리련만
저승길 배고플라요
소금에 밥이나마 많이 묵고 묵고 가이소.

---

64) 앞에 인용한 〈제망매가〉 원문도 다음에서 옮겨 왔다.
   http://enc.daum.net/dic100/contents.do?query1=b19j1710a   20090506
65) 동리목월문학관의 장윤익 관장이 말한, 한국 시가문학의 뿌리가 경주라는 말의 의미를 다시 생각하
   게 하는 대목이다.
66) 박목월, 앞의 책, 178.

> 여보게 만술(萬述) 아비
> 니 정성이 엄첩다.
> 이승 저승 다 다녀도
> 인정보다 귀한 것 있을락꼬,
> 망령(亡靈)도 응감(應感)하여, 되돌아가는 저승길에
> 니 정성 느껴 느껴 세상에는 굵은 밤이슬이 온다.

아버지의 기일을 맞아 올리는 제사 풍경이 이 시의 중심 소재다. 제사도 이승과 저승의 시공에 관여된 것이지만, 앞에서 보았던 장례와 다른 점은 소통이다. 장례는 죽은 사람을 떠나보내는 절차이면서, 그 사람의 지위를 승계하는 의식이다. 장례는 망자를 '조상 신'으로 모시는 과정이라는 점에서 인간과 차별화하는 절차다. 지위 승계는 세상에서의 공과를 상속받는 일이다. 고인은 새로운 세상으로 떠나고, 그 빈자리는 산 사람이 대신한다. 그것은 온전히 후손들과 산 사람들의 몫이다. 그래서 <하관>에서 보았듯이 '그'의 소리는 들을 수 없다.

제사는 '신'67)으로 모신 조상과의 소통의 장이다. 앞의 <하관>과 이 작품 <만술 아비의 축문>을 견주어 보면 확연히 드러난다. 제주(祭主) 만술의 태도를 보면, 살아 있는 아버지를 대하는 것과 다름이 없다. 여기서 저승의 의미는 '이웃 동네'와 같다. 오늘 떠나는 부모에게 올리는 문안 인사인데 다만 길이 멀 뿐이다. 물리적 거리가 아무리 멀어도 아들에게 심리적 거리가 멀지는 않다. "소금에 밥이나마 많이 묵고 가이소." 라는 구절은 이승에서의 일상과 다를 바 없다. 이는 망자가 생전에 그

---

67) 종교적 범주 안에서 보면 이견이 있을 수 있지만, 논외로 한다.

아비에게 했을 말이기도 하다.

곤궁한 살림이라는 것이 곳곳에 드러난다. 등잔불도 없는 제사상, 밥 한 공기와 소금 한 종지, 올해도 끝내 올리지 못한 간고등어 한 손 등이 그것이다. 더구나 윤사월 보릿고개 시절이니 산 사람도 끼니 걱정을 해야 할 시기다. 그럼에도 쌀밥을 장만한 것은 대단한 정성이 아닐 수 없다. '꾹꾹 눌러 담은' 그 밥 한 그릇이 오르기까지 며칠을 굶은 아들의 허기가 있었음은 의심의 여지가 없다. "저승길 배고플라요"는, 배고픔의 고통과 서러움을 경험한 사람만이 할 수 있는, 그 고통을 자신이 감내하는 희생과 상대에 대한 배려가 밴 구절이다.

이 작품의 제목 '축문'에 주목한다. 이는 시인이 이 작품의 제목을 제사상이나 제삿날(기일) 등으로 하지 않은 까닭에 대한 관심이기도 하다. 제주(祭主)는 글을 읽지 못하는 사람이다. 배운 사람이라면 "유세차~"로 이어지는 격식을 갖춘 축문이 등장하겠지만, 그는 '티눈'이기에, 생전에 했던 방식으로 말하고, 생전에 했던 방식으로 아버지를 맞을 준비를 하고, 그를 봉양하고 배웅한다. 그는 아비의 배고픔을 대신하고, 아비의 외로움을 위로한다. 제상에는 등잔불 하나 켜지 못했지만, 정성으로 등불을 지펴 아비가 가야 할 먼 길을 밝힌다.

이 시는 '만술 아비' 식의 축문을 통한 소통이 핵심이다. 둘째 연의 핵심어는 '응감'이다. 여기서 시인이 선택한 응감은 소통의 절정이다. 그것은 일차적으로 죽은 아비와 제사를 지내는 아들 간의 소통이며, 저승과 이승 간의 소통이다. 이 세상에 내리는 '굵은 밤이슬'은 응감의 결과이자 그것의 비유이기도 하다. 그것은 눈물겹도록 고마움에 대한 응답이자 불쌍한 영혼에 대한 연민이자 아름답게 펼쳐지는 풍광에 대한 감동이다. 말하자면, 밤에 내린 이슬은 아버지와 아들, 이승과 저승, 그리고 우주에 건설된 교감의 고속도로이다.

그것을 가능하게 한 힘은 인정 혹은 정성으로 묘사된다. 시인이 <만술 아비의 축문>을 통해서 축조한 성과는 일상에 대한 긍정, 생활의 가치에 대한 확인 등이다. 여기에는 제도나 격식에 우선하는, 인정과 정성이 포함된다. 인생을 지탱하는 힘의 추가 어느 쪽에 기울어 있는지를 보여 주는 것이다. 여기에 이르면, 만술 아비가 형성한 가치는 제삿날의 풍경을 넘어선다. 경주 시민, 신라인의 후손, 한민족의 보편적 가치로 확장된다. 토속적 삶에 대한 옹호에 근접해 있다. 이 작품에서 보여 주는 목월의 행보는 다름 아닌, 소위 '동리'스러움이다.

4.2 이력과 작품 목록

연보68)

1915년 1월 6일, 경북 경주시 서면 모량리 571번지에서 출생. 본명 영종(泳鐘).

1923년 경주군 건천 보통학교 입학.

1929년 건천 보통학교 졸업.

1930년 계성학교 3학년 재학 중 동요 <통딱딱 통짝짝>과 <제비맞이>가 각각 『어린이』지와 『신가정』지의 현상공모에 당선되어 동요시인으로 등단.

---

68) 동리목월문학관(http://www.dmgyeongju.com/) 자료를 토대로 작성됐다.

1935년 3월 계성학교 졸업. 경주군 동부 금융조합에 취직.

1939년 정지용에 의해 『문장』지 9월호에 <길처럼>, <그것은 연륜이
　　　　다>가 1회 추천. 같은 잡지 12월호에 <산그늘>이 2최 추천.

1940년 『문장』지 9월호에 <가을 어스름>과 <연륜>이 3회 추천 완
　　　　료되어 등단.

1945년 해방 직후 금융조합의 부이사로 승진했으나 사임. 대구로 이
　　　　사하여 모교인 계성학교에서 교편을 잡음.

1946년 조지훈, 박두진과 함께 3인 시집 『청록집』(을유문화사) 발간.
　　　　『박영종동시집』(조선아동회, 대구) 발간. 동시집 『초록별』(조
　　　　선아동문화협회) 발간. 어린이 잡지 『아동』 편집, 발간.

1949년 이화여고 교사로 초빙. 서울대 음대 강사로 출강. 한국문학가
　　　　협회 결성에 참여. 출판사 '산아방'을 경영하면서 학생잡지 『여
　　　　학생』 창간.

1950년 시지 『시문학』 창간. 한국전쟁이 발발하자 대구로 피난. 한국
　　　　문학가협회의 별동대가 조직되자 사무국장을 맡음.

1953년 환도 후 서라벌예대와 홍익대 강사로 출강.

1955년 제3회 아세아자유문학상 수상. 첫 개인시집 『산도화』(영웅출
　　　　판사) 발간.

1959년 시집 『난·기타』(신구문화사) 발간. 수필집 『여인의 서』(홍우
　　　　출판사), 『문학강화』 발간.

1962년 한양대 문리대 국문과 조교수. 동시집 『산새알 물새알』(여원
　　　　사) 발간.

1963년 『동시의 세계』(배영사) 발간.

1968년 『청담』으로 대한민국문학상 본상 수상. 시인협회 회장에 선임. 고마우신 선생님상 수상. 조지훈, 박두진과 함께 합동시집 『청록집 · 기타』(현암사) 발간.

1972년 국민훈장 모란장 수상.

1973년 『박목월 자선집』 10권(삼중당)을 펴냄. 10월 월간 시지 『심상』 창간.

1976년 시집 『무순』 발간. 한양대 문리대 학장에 취임.

1978년 3월 24일 아침 산책에서 돌아와 영면. 용인 모란공원 묘원에 안장. 작고 직후 잡지 『심상』 1978년 5월호를 '박목월 선생 추모 전권 특집호'로 간행하고 박목월 시인의 인간과 문학세계를 집중적으로 조명. 박목월 선생 문하생모임인 '목월회'에서 '박목월선생 추모 문학제' 개최.

1979년 1월 유고신앙시집 『크고 부드러운 손』(영산출판사) 발간.

1988年 작고 10주기를 기념하여 목월회와 한양대학교 공동 주관으로 '박목월 문학과 인간' 학술 세미나를 한양대학교 콘서트홀에서 개최.

2006년 3월 24일 동리 · 목월문학관 개관.

시집 · 동시집 목록

박목월, 조지훈, 박두진, 『청록집』, 을유문화사, 1946.

박목월, 동시집 『박영종동시집』, 조선아동회, 1946.

박목월, 동시집 『초록별』, 조선아동문화협회, 1946.

박목월, 『산도화』, 영웅출판사, 1955.

박목월, 『난·기타』, 신구문화사, 1959.

박목월(공저), 『구원의 연가』, 구문사, 1962.

박목월, 동시집 『산새알 물새알』, 여원사, 1962.

박목월, 『청담』, 일조각, 1964.

박목월, 『경상도의 가랑잎』, 민중서관, 1968.

박목월(공저), 『청록집·기타』, 현암사, 1968.

박목월(공저), 『청록집·이후』, 현암사, 1968.

박목월, 『박목월 자선집』 전10권, 삼중당, 1973.

박목월, 『박목월 시선』, 정음사, 1975.

박목월, 『백일편의 시』, 삼중당, 1976.

박목월, 『무순』, 1976.

박목월, 『크고 부드러운 손』, 영산출판사, 1979.

박목월, 『박목월 – 한국현대시문학 대계』, 지식산업사, 1983.

박목월, 『박목월 시전집』, 서문당, 1984.

박목월, 『소금이 빛나는 아침에 – 박목월 유고시집』, 문학사상사, 1987.

박목월, 『나그네』, 미래사, 1991.

박목월, 『구름에 달 가듯이』, 열음사, 1991.

박목월, 『얼룩 송아지』, 신구미디어, 1993.

박목월, 『강나루 건너서 밀밭 길을 – 박목월 미수록 시집』, 심상사, 1998.

박목월, 『한국대표시인 101인 선집 – 박목월』, 문학사상사, 2007.

4.3 문학관과 시비 풍경

목월문학관

목월문학관은 2006년, 경북 경주시 진현동 550 – 1번지 토함산 자락에
동리문학관과 함께 '동리·목월문학관'으로 개관하였다. 문학관 설립 과
정에서 경주시와 사단법인 동리·목월기념사업회가 중심이 되었다.
2007년 6월 1일부터 기념사업회가 문학관을 위탁관리하고 있다. 장윤익
관장은 홈페이지 인사말에서 "전 국민들에게 사랑받는 문예창작 교육의
장이 되어, 세계적인 관광명소의 이름을 얻도록 모든 힘을 쏟을 작정입
니다."라고 각오를 다지고 있다. 아래는 두 작가에 대해 소개하는 글로,
문학관 홈페이지에서 옮겨 온 것이다.

> 김동리 선생과 박목월 선생은 경주 출신으로 한국문단의 양대 산맥을 이룬 문
> 단의 거봉들입니다. 김동리 선생은 혼미한 격변기에 우리 순수문학을 굳건히 지
> 켜왔고, 인생의 구경(究竟)을 탐구하는 문학정신을 주창하여 해방 후 새로운 휴
> 머니즘문학의 근간을 이루어 1982년 노벨문학상 5위 이내에 선정된 세계적인
> 작가입니다. 박목월 선생은 토착정서와 민요의 가락을 시와 음악으로 승화하여,
> 어린이들로부터 어른에 이르기까지 전 국민들로부터 '국민시인'으로 추앙받고 있
> 는 시인입니다.69)

---

69) 동리·목월 문학관, http://www.dmgyeongju.com/ 문학관안내 〉 관장 인사말.

동리 · 목월문학관 현판

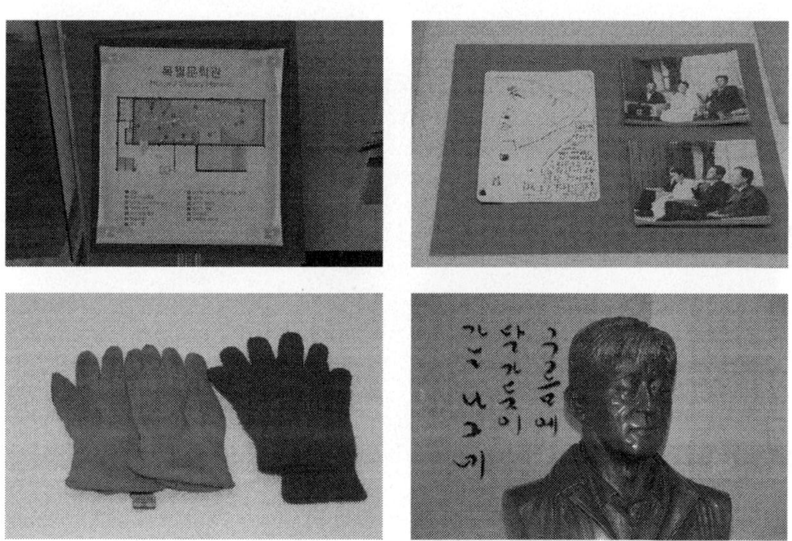

(왼쪽 위부터 시계방향으로) 목월문학관 안내판, 목월문학관 전시물, 목월 동상, 목월의 장갑

시비

보문단지의 호수변에 목월의 시비가 있다. 현대호텔 옆으로 난 산책로로 이어지는 길에 목월의 육필을 새긴 시비를 발견할 수 있다. 1972년 봄에 제자에게 써 준 <달>을 새겨, 보우문화재단에서 1991년 12월 14일에 비를 세웠다. 비문에는 "글은 곽종원, 조형은 이동호가 하였다."고 적혀 있다. "목월은 건천읍 모량리에서 태어났다."고 하여 향리 출신임을 밝히고, "간결미와 민요풍 향토성이 조화를 이루고 있다."고 하면서, "북쪽은 소월 남쪽은 목월이라는 말을 낳기도 하였다."고 적고 있다. 우리 문단을 대표하는 시인임을 강조한 표현이다.

보문호의 목월 시비 전경

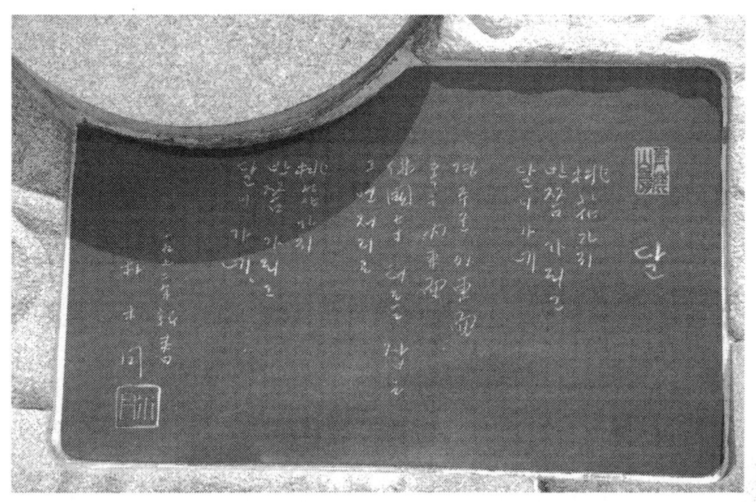

보문호 목월 시비의 시 원문

보문호 목월 시비의 설립 취지문

그리고 황성공원에도 <얼룩송아지> 노래비가 있다. 이 노래비의 건립 취지문 문구는 다음과 같다. "이 겨레 온 어린이들이/ 즐겨 부르는 노래를 새긴 이 노래비는/ 신시 60돌을 기념하는 뜻에서/ 새싹회 후원으로 이 고장 어린이들과/ 뜻있는 어른들의 정성으로 시인의/ 고장에 세우다.// 1968년 어린이날/ 박목월 노래비 건립위원회". <얼룩송아지>는 어린이들이 즐겨 부르는 노래다. 노래비가 있는 황성공원은 신라시대 화랑들의 훈련장이었다. 공원 안에는 시립도서관과 각종 체육시설이 있어 시민들이 즐겨 찾는 도심공원이다.

황성공원의 목월 시비 전경

황성공원 목월 시비의 시 원문

한양대학교 교정에도 목월 시인의 시비가 세워졌다. <산도화>를 새겼다.

한양대학교에 세워진 목월 시비[70]

<hr>

70) http://blog.naver.com/nykim9/20042575104

5. 조지훈: 지조로 새겨진 선비의 표상

　조지훈 시인은 시인으로만 기억하기에는 그의 그릇이 너무 컸고 그의 활동 무대가 너무 넓었으며, 그를 필요로 하는 곳이 너무 많았다. 남산에 세운 그의 시비에 적힌 글이 이런 사정을 잘 대변해 준다. “그의 다채로운 경력과 수많은 업적은 그의 활동이 얼마나 눈부신 것이었는가를 뚜렷이 보여 주거니와 그는 비단 우아하고 청장(淸壯)한 시인이었을 뿐만 아니라 한학(漢學)과 불교(佛敎)와 근대문학에 대한 깊은 조예와 문학, 역사, 민속학(民俗學) 등 여러 분야에 걸친 광범한 관심을 가진 학자였다.”

　이에 이어지는 내용이다. “또한 절개(節介)와 금도(襟度)와 풍류(風流)에 있어서도 그는 당대에 이름 높던 인사(人士)로서 이미 그는 소시(少時)부터 민족의식에 투철하여 일정(日政)의 질곡(桎梏) 아래 그늘진 삶을 살았으며 광복 직후에는 민족주의 문화진영의 선두에서 설봉(說鋒)을 휘두르던 논객(論客)이었고 대한민국 정부 수립 이후에는 역대 정권의 비리(非理)를 과감히 비판하던 행동하는 지성인(知性人)이었다. 그러면서도 그의 성품은 화사(華奢)하고 치밀하였으니 그는 실로 예민한 감수성과 높은 지성과 굳센 실천력을 겸비한 시인이요 학자요 지사(志士)요 풍류인이었던 것이다.”

5.1 대표 작품

〈절정(絕頂)〉[71]

나는 어느새 천길 낭떠러지에 서 있었다 이 벼랑끝에 구름속에 또 그리고 하늘 가에 이름 모를 꽃 한송이는 누가 피워 두었나 흐르는 물결이 바위에 부딪칠 때 튀어 오르는 물방울처럼 이내 공중에서 사라져 버리고 말 그런 꽃잎이 아니었다.

몇 만 년을 울고 새운 별빛이기에 여기 한송이 꽃으로 피단 말가 죄 지은 사람의 가슴에 솟아 오르는 샘물이 눈가에 어리었다간 그만 불 붙는 심장으로 염통 속으로 스며들어 작은 그늘을 이루듯이 이 작은 꽃잎에 이렇게도 크낙한 그늘이 있을 줄은 몰랐다.

한점 그늘에 온 우주(宇宙)가 덮인다 잠자는 우주(宇宙)가 나의 한방울 핏속에 안긴다 바람도 없는곳에 꽃잎은 바람을 일으킨다 바람을 부르는 것은 날오라 손짓하는것 아 여기 먼 곳에서 지극히 가까운 곳에서 보이지 않는 꽃나무 가지에 심장(心臟)이 찔린다 무슨 야수(野獸)의 체취(體臭)와도 같이 전율(戰慄)할 향기가 옮겨 온다.

나는 슬기로운 사람이 아니었다 그러기에 한송이 꽃에 영원(永遠)을 찾는다 나는 또 철모르는 어린애도 아니었다 영원(永遠)한 환상(幻想)을 위하여 절정(絕頂)의 꽃잎에 입맞추고 기리 잠들어 버릴 자유(自由)를 포기(抛棄)한다.

다시 산길을 내려온다 조약돌은 모두 태양(太陽)을 호흡(呼吸)하기 위하여 비수(匕首)처럼 빛나는데 내가 산길을 오를 때 쉬어가던 주막에는 옛 주인이 그대로 살고 있었다 이마에 주름살이 몇 개 더 늘었을뿐이었다 울타리에 복사꽃만 구름같이 피어 있었다 청댓잎 잎새마다 새로운 피가 돌아 산새는 그저 울고만 있었다.

문득 한 마리 흰나비! 나비! 나비! 나를 잡지말아다오 나의 인생(人生)은 나비

---

71) 조지훈, 『조지훈전집1-시』, 나남출판, 1996, 49-50.

날개의 가루처럼 가루와 함께 절명(絕命)하기에 − − 아 눈물에 젖은 한 마리
흰나비는 무엇이냐 절정(絕頂)의 꽃잎을 가슴에 물들이고 사(邪)된 마음이 없이
죄 지은 참회(懺悔)에 내가 고요히 웃고 있었다.

조지훈 시인의 장남인 조광렬은 이 작품을 시인이 가장 애착을 가졌
던 시[72]로 추측한다. 이 시는 시인이 세상을 떠나기 일주일 전, 가족들
앞에서 처음이자 마지막으로 읊은 작품[73]이다. <절정>은 시인의 정신
세계가 어떻게 형성되었는가에 대한 내력을 음미할 수 있다.[74] 추호도
흔들림이 없는 일관된 삶을 살 수 있었던 힘을 주었던 연원, 그 정신을
낳은 배경의 일부는 조상으로부터 이어져 내려오는 가문의 전통과 내력,
기질, 가학(家學)과 무관치 않다. 조지훈 시인이 보여 준 모습은 그것을
더럽히지 않으려는 자신과의 투쟁의 소산이었다.[75]

이 시는 첫 부분부터 우주적 스케일을 담고 있다. 시인의 인식 범주는
자연과 인간의 문제, 민족과 역사의 문제를 감싸고 있으며, 그의 인식
촉수는 사회와 현실에까지 뻗어 있다. 시인은 당시 현실이 가져다준 절
망과 좌절을 경험했을 뿐만 아니라, 그것을 통해서 자유와 자존에 대한
신념과 의지를 강화하기도 했다. 일제 강점기와 해방 공간, 6·25 전쟁
과 정치적 갈등의 현실 체험은 가학을 통해 형성한 신념과 거리가 있었
다. 마지막 연에서 보여 주는 몸부림은 신념과 현실 간의 거리를 해소하
기 위한 의지의 표명으로 읽힌다.

---

72) 조광렬, 『승무의 긴 여운, 지조의 큰 울림 아버지 조지훈 − 삶과 문학과 정신』, 나남출판, 2007, 152.

73) 조광렬, 앞의 책, 182.

74) 서익환, 『조지훈 시와 자아·자연의 심연』, 국학자료원, 1998, 192. 아래 시 해석 부분도 같은 책,
    190−194쪽까지의 내용을 부분적으로 참조했다.

75) 조광렬, 앞의 책, 184.참조.

〈낙화(落花)〉[76]

꽃이 지기로소니
바람을 탓하랴

주렴 밖에 성긴 별이
하나 둘 스러지고
귀촉도 울음 뒤에
머언 산이 닥아서다.

촛불을 꺼야하리
꽃이 지는데

꽃 지는 그림자
뜰에 어리어

하이얀 미닫이가
우련 붉어라.

묻혀서 사는 이의
고운 마음을

아는 이 있을까
저허하노니

꽃이 지는 아침은
울고 싶어라.

  시인 자신이 "낙화는 시로서는 어떨지 모르나 가장 애착이 가는 시"

---

76) 조지훈, 『전집1』, 28 - 29.

라고 언급한 바 있다.[77] 조지훈이라는 이름은 '청록파 시인'이라는 이미지로 기억되지만, 이는 학교 교육의 영향 때문이기도 하다. 실상 그는 많은 사람들에게 선비, 학자 또는 스승의 이름으로 각인되어 있다. '지조' 또한 그와 자연스럽게 연결된다. 이력에서도 확인이 되지만, 그는 시인으로, 국학자로, 운동가로, 사상가로 살았고, 한편 살아 있는 양심이었고, 행동하는 지성이었다. 이 작품은 유가적 전통을 계승한 선비이면서 근대 교육의 중심에 있었던 학자로서의 지훈을 잘 보여 주고 있다.

최승호는 조지훈 시인의 <마을>, <달밤>, <고사>, <산방> 등의 초기 자연서정시는 은거생활과 관련되어 있다고 보았다.[78] 유가들의 자연서정시에서 보이는 '때'의 철학인 유유자적은 일종의 저항적 미의식이다. 정중동(靜中動)은 고요한 가운데 활발한 생명운동을 벌이는 것이다. 겉으로 정지된 듯하지만 안으로는 부단히 움직이고 있는 것이 바로 유유자적이다. 그런 점에서 유유자적은 세계에 대한 완강한 저항이다. 이 작품이 구축하는 의미의 세계도 논리적 미의식과 다른, '직관'이라는 점에서 근대적 인식 태도에 대한 저항 방식이다.

조지훈 시인에게 전통적 세계인식 방법은 파편화되고 해체되어 가는 파시즘의 시절에 새로운 통합의 원리로 모색된 것이다. <낙화>에서, 새벽안개 속에 섬처럼 떠 있는 사물들은 부분적 독자성을 구축하면서 대등한 관계를 형성한다. 안개와 같은 여백은 생명의 공간이다. 식민지 현실에서 피폐한 토대를 소생시킬 수 있는 것은, 여기서 보듯, 근원으로

---

77) 조광렬, 앞의 책, 152.

78) 최승호 편, 『조지훈』, 새미, 2003, 219. 이하 <낙화> 해석과 관련된 부분은 최승호, 「제유적 세계인식과 무시간성의 서정적 이념」, 같은 책, 217 - 228.을 참조했다.

서의 자연 안에 충만한 생명력 때문이다. 마지막 연 "꽃이 지는 아침은/
울고 싶어라."는 세계의 폭력 앞에 무너짐이다. 시대적 폭력 앞에서의
무너짐이 생성하는 비장함이 드러난 구절이다.

〈밤길〉79)

"이 길로 가면은 주막이 있겠지요"

"나그네 가는 길에 주막이 없으리야
꽃같이 이쁜 색시 술도 판다오"

얼근히 막걸리에 취하신 영감님
수심가(愁心歌) 한가락을 길게 뽑으면
달구지 달달 산 모루를 돌아간다
백양(白楊)나무 가지 우에 별이 피는데……

"인생(人生)…… 한 번 …… 죽어지면 ……
만수(萬樹) …… 장림(長林)에 …… 운무(雲霧)로구나"
구슬프고 아픈 가락 고요한 밤에
달구지꾼 영감님의 수심가(愁心歌) 소리 ― ― ―

"여보 색시 나이는 몇 살이오"
술상 앞에 앉은 색시 두손을 쥐어 본다.
"열아홉 ……"
새빨간 두볼이 고개를 들고서

"임자는 어데까지 가시는 길입네까"
"서울로 가는뎁쇼, 같이 갈까요"

---

79) 조지훈, 『전집1』, 111-112.

목화(木花)송이 터지듯이 꿈길이 피어나서
이 색시 이 저녁에 서울길이 기룬게지!

"어 졸려라 이 색시 하로밤 같이 자구 갈까부다"
"자는 일 누가 말려 ……"
내가 도루 색시처럼 부끄러웠다.

장명등(長明燈) 달아놓은 술집을 나오며
양산도 한가락을 날리어본다.

<밤길>은 시인의 큰아들이 가장 좋아하는 시 중에 하나이다.[80] 이 시도 역시 '논리'의 코드로 해석하기에는 어려움이 있는 작품이다. 『문장』지가 일제의 조선어 말살 정책에 의해 폐간된다는 소식과 함께 그 마지막 호가 배달된 날, 월정사에 있던 시인이 주막에 내려가 통음(痛飮)하고 돌아와서 지은 시다. 비분을 삭이면서 현실과 인생을 관조하는 안목이 보인다. 작품에 등장하는 시골 영감과 색시는 현실의 고통스런 상황과 거리를 두고 있다. 수심가를 부르지만 양산도 한 가락을 잊지 않는 선비의 노래이면서, 풍류와 달관의 코드가 작용하는 작품이다.

〈늬들 마음을 우리가 안다〉[181]
－ 어느 스승의 뉘우침에서

그 날 너의 오래 참고 참았던 의분(義憤)이 터져
노도(怒濤)와 같이 거리로 거리로 몰려가던 그 때
나는 그런 줄도 모르고 연구실(研究室) 창턱에 기대 앉아

---

80) 조광렬, 앞의 책.
81) 조지훈, 『전집1』, 257 - 260.

먼 산을 넋없이 바라보고 있었다.

오후(午後) 두시[二時] 거리에 나갔다가 비로소 나는
너희를 그 무엇으로도 막을 수 없는 물결이
의사당(議事堂) 앞에 넘치고 있음을 알고
늬들 옆에서 우리는 너희의
불타는 눈망울을 보고 있었다.
사실을 말하면 나는 그날 비로소 너희들이
갑자기 이뻐져서 죽겠던 것이다.

그러나 이것은 어쩐 까닭이냐.
밤늦게 집으로 돌아오는 나의 발길은 무거웠다.
나의 두 뺨을 적시는 아 그것은 뉘우침이었다.
늬들 가슴 속에 그렇게 뜨거운 불덩어리를
간직한 줄 알았더라면
우린 그런 얘기를 하지 않았을 것이다
요즘 학생들은 기개(氣槪)가 없다고
병든 선배(先輩)의 썩은 풍습(風習)을 배워 불의(不義)에 팔린다고
사람이란 늙으면 썩느니라 나도 썩어 가고 있는 사람
늬들도 자칫 썩는다고 ……

그것은 정말 우리가 몰랐던 탓이다
나라를 빼앗긴 땅에 자라 악을 쓰며 지켜왔어도
우리 머리에는 어쩔 수 없는
병든 그림자가 어리어 있는 것을
너희 그 청명(淸明)한 하늘 같은 머리를 나무램했더란 말이다.
나라를 찾고 침략(侵略)을 막아내고 그러한 자주(自主)의 피가
흘러서 젖은 땅에서 자란 늬들이 아니냐.
그 우로(雨露)에 잔뼈가 굵고 눈이 트인 늬들이 어찌
민족만대(民族萬代)의 맥맥(脈脈)한 바른 핏줄을 모를 리가 있었겠느냐.

사랑하는 학생들아
늬들은 너희 스승을 얼마나 원망했느냐
현실(現實)에 눈감은 학문(學問)으로 보따리장수나 한다고
너희들이 우리를 민망히 여겼을 것을 생각하면
정말 우린 얼굴이 뜨거워진다 등골에 식은땀이 흐른다.
사실은 너희 선배(先輩)가 약했던 것이다 기개(氣槪)가 없었던 것이다.

매사(每事)에 쉬쉬하며 바른 말 한마다[82] 못한 것
그 늙은 탓 순수(純粹)의 탓 초연(超然)의 탓에
어찌 가책(苛責)이 없겠느냐.

그러나 우리가 너희를 꾸짖고 욕한 것은
너희를 경계하는 마음이었다. 우리처럼 되지 말라고
너희를 기대함이었다 우리가 못할 일을 할 사람은
늬들뿐이라고 ㅡㅡ
사랑하는 학생들아
가르치기는 옳게 가르치고 행(行)하기는 옳게 행(行)하지 못하게 하는 세상
제자들이 보는 앞에서 스승의 따귀를 때리는 것쯤은 보통인
그 무지한 깡패떼에게 정치를 맡겨 놓고
원통하고 억울한 것은 늬들만이 아니었다.

그러나 이럴 줄 알았더면 정말
우리는 너희에게 그렇게 말하진 않았을 것이다.
가르칠 게 없는 훈장이니
선비의 정신이나마 깨우쳐 주겠다던 것이
이제 생각하면 정말 쑥스러운 일이었구나.

사랑하는 젊은이들아
붉은 피를 쏟으며 빛을 불러 놓고
어둠 속에 먼저 간 수탉의 넋들아

---

82) ‘한마디’의 오기로 여겨지지만, 시집의 표기에 따랐다.

늬들 마음을 우리가 안다 늬들의 공을 온 겨레가 안다.
하늘도 경건(敬虔)히 고개 숙일 너희 빛나는 죽음 앞에
해마다 해마다 더 많은 꽃이 피리라.

아 자유(自由)를 정의(正義)를 진리(眞理)를 염원(念願)하던
늬들 마음의 고향 여기에
이제 모두 다 모였구나
우리 영원(永遠)히 늬들과 함께 있으리라.

- 1960. 4. 20

4·19 당시 학생들 130명이 목숨을 잃었고, 1천여 명이 부상당했다. 자유당 정권의 굴복을 이끌어 낸 자유와 정의의 승리였다. 그것의 중요한 축을 담당했던 것이 학생들이었다. <사랑하는 아들딸들아>[83)는 '사월(四月) 의거(義擧) 학생부모(學生父母)의 넋두리에서'라는 부제에서 보듯, 자식을 떠나보낸 부모의 심정으로 4·19를 그린 시다. "연약한 가슴을 헤치고 목메어 외치는 늬들의 순정(純情)을/총칼로 무찌른 무리가 있었다는 것을"에서는 학생들의 희생을 부른 이들이 도리어 학생을 가해하는 현실을 개탄하면서 부조리를 고발하고 있다.

이를 바라보는 그의 시각은 안타까움이 가득하다. "아무리 죄지은 자(者)일지라도 늬들 앞에 진심의 참회/부드러운 위로 한마디의 언약(言約)만 있었더라면/늬들은 조용히 물러나왔을 것을/그렇게까지 너희들이 노(怒)하지 않았을 것을/그 값진 피를 마구 쏟고 쓰러지지 않았을 것을"에는 학생들의 희생에 대한 아픔이 진하게 배어난다. 꽃다운 젊은 피들의 억울한 희생을 대하는 기성인이 갖는 미안함과 죄책감과 일종의 분노와

---

83) 조지훈, 『전집1』, 261-263.

안타까움 등이 교차한다. 이 시의 끝은 "아 우리 사랑하는 아들딸들아/ 고이 잠들거라."로 마무리된다.

<사랑하는->에 비해서, 이 시는 학생들을 바라보는 스승의 입장이 표현되었다. "어둠 속에 먼저 간 수탉의 넋들아"에서 수탉은 새벽을 부르는 전령이자 시대의 어둠을 걷어 내는 행동하는 지성이다. 그래서 그것은 '빛나는 죽음'일 수밖에 없고, "해마다 더 많은 꽃이 피리라"는 표현에서처럼, 그 뜻과 그 희생을 계승하는 사람들이 늘어날 것이다. "우리 영원히 늬들과 함께 있으리라."는 표현에는, 그 뜻이 피어나리라는 확신, 그 희생과 용기의 고귀함을 잊지 않으리라는 약속, 그리고, 꿈꾸던 그 세상이 도래하리라는 희망이 함께 나타나 있다.

이 시는 스승의 자기반성을 토대로 하면서, 역사 앞에 선 지식인들의 책무에 대한 신념을 발견할 수 있는 작품이다. 여기서 보인 제자들에 대한 신뢰는 다음 세대, 새 시대에 대한 희망이다. 또한 새벽을 깨운 열정은 희망의 불길이 되어 어둠을 해소하고 더 많은 꽃을 피울 길을 열 것이라는 믿음이다. 마침내 그날이 오리라는 확신이 느껴지는 표현이다. 이 시는 고려대학교 캠퍼스에 세운 조지훈 시인의 시비에 새겨졌다. 시인이 노래했던, "자유, 정의, 진리의 염원"은 마르지 않는 지성의 샘이 되어 오늘의 세대에 전수되는 유전자다.

〈사모〉84)

　　사랑을 다해 사랑을 하였노라고

---

84) 조광렬, 앞의 책, 153.

정작 할 말이 남아 있음을 알았을 때
당신은 이미 남의 사랑이 되어 있었다.
불러야 할 뜨거운 노래는 가슴으로 죽이며
당신은 멀리로 잃어지고 있었다.
하마 곱스런 눈웃임이 사라지기 전
두고두고 아름다운 여인으로만 잊어 달라지만
남자에게 있어 여자란 기쁨 아니면 슬픔
다섯 손가락 끝을 잘라 핏물 오던 그대
혼자라도 괴롭지 않은 밤에 울어 보리라
울다가 지쳐 멍든 눈흘김으로
미워서 미워지도록 사랑하리라
한 잔은 떠나버린 너를 위하여
또 한 잔은 이미 초라해진 나를 위하여
그리고 한 잔은 너와의 영원한 사랑을 위하여
마지막 한 잔은 미리 알고 정하신
하나님을 위하여

한국인들이 가장 애송하는 시 100편에 실린 조지훈 시인의 작품이 <승무>와 <사모>라고 한다.[85] 여기서 <승무>는 설명이 필요 없는 작품이고, <사모>는 시집 『풀잎단장』에 실렸던, "그대와 마조 앉으면/기인 밤도 짧고나//희미한 등불 아래/턱을 고이고//단 둘이서 나노는/말 없는 얘기"[86]로 시작되는 시가 아니다. 이 작품은 나남출판사에서 간행한 『조지훈 전집』에도 실려 있지 않다.[87] 이 시는 대중의 사랑을 받을 만한 요소가 많은 작품이다. <승무>를 기억하는 대중이 형성하고 있는 조지훈 시인의 일반적인 이미지와는 거리가 있다.

---

85) 조광렬, 앞의 책, 152.
86) 조지훈, 『전집1』, 58 - 59.
87) 최초 발표 지면을 확인하는 절차를 거쳐, 전집 개정판 등에 수록하는 것을 검토할 필요가 있는 작품이다.

여기서 그려진 것은 사랑했으나 제도적으로 승인받지 못한 관계이다. 끝난 사랑이지만 상대의 기억 속에는 '아름다운' 시기의 모습으로 남고 싶은 소망은 소녀적인 감성을 자극하기에 충분하다. 고통을 감내하겠다는 의지와 이별이 가져온 슬픔의 끝에서도 사랑은 변치 않으리라는 다짐은 연가(戀歌)로도 부족함이 없다. 잔을 들어 술을 나누는 행위는 일종의 다짐이자 약속의 코드로 작용한다. 이루지 못했으나 포기할 수 없는 사랑, 내 곁에서 떠났지만 내 사람이 아님을 인정할 수 없는 사랑은 현실에 상처받은 영혼들이 꿈꾸는 '로망'이다.

〈민들레꽃〉[88]

까닭 없이 마음 외로울 때는
노오란 민들레꽃 한 송이도
애처럽게 그리워지는데

아 얼마나한 위로이랴
소리쳐 부를 수도 없는 이 아득한 거리(距離)에
그대 조용히 나를 찾아 오느니

사랑한다는 말 이 한마디는
내 이 세상 온전히 떠난 뒤에 남을 것

잊어버린다. 못 잊어 차라리 병이 되어도
아 얼마나한 위로이랴
그대 맑은 눈을 들어 나를 보느니

---

88) 조지훈, 『전집1』, 90.

민들레는 노란 꽃을 피우는 흔한 식물이다. 가장 가까운 곳에 있는 가장 친근한 존재라는 점에서, '외로울 때는 그것마저 그리워진다'는 표현에는 까닭 없이 찾아오는 외로움이 강조되어 있다. 오늘 꽃을 피운 민들레도 그 씨앗은 수십 리 밖에서 바람을 타고 날아왔을 것이다. '아득한 거리'라고 표현하고 있는 부분이 그것이다. 그래서 더 반갑고 더 큰 위로가 될 수 있다. 그쪽의 사연을 안고 여기까지 와서 노란 꽃을 피워서 나에게 위로를 주는 존재로서의 민들레는 조지훈 시인이 인지하는 자연 혹은 우주의 환유로 이해할 수 있다.

이 시는 연가적 성격의 작품으로 읽을 수도 있다. 그렇게 보면 인간의 존재론적 고독과 그 극복의 방식을 주제로 삼고 있는 작품[89]이다. 외로운 존재에게 때마침 '찾아'온 이는 대단한 위로임에 틀림없지만, 그 맘을 가슴에 둔 채, 사랑한다는 말을 하지 않는다. '떠난 뒤에 남을 것'이라는 구절은 그런 사정을 말해 준다. 그와의 관계에 비밀스런 사정이 있을지라도 그것은 큰 위로가 되는 것에 변함이 없다. 인간의 존재론적 고독은 사랑의 정신에 의해, 영혼과 영혼의 교류에 의해, 순결한 마음을 견지함에 의해 극복된다는 생각이 이 시의 주제를 이루고 있다.

---

89) 이승원, 『교과서 시 정본 해설』, 휴먼엔북스, 2008, 310. 이하 시 해석 부분도 같은 책의 312쪽까지의 내용에서 부분적으로 참조했다.

5.2 이력과 작품 목록

연보90)

1920년 12월 3일 경북 영양군 일월면 주곡동에서 출생.

1931년 형 세림(世林)과 '꽃탑'회 조직. 마을 소년 중심의 문집 『꽃탑』
    꾸며 냄.

1934년 와세다대학 통신강의록 공부.

1936년 첫 상경(上京), 오일도의 시원사(詩苑社)에서 머무름. 인사동에
    고서점 '일월서방(日月書房)' 운영.

1939년 『문장』 3월호에 <고풍의상> 추천받음. 동인지 『백지(白紙)』
    발간. 12월 <승무> 추천받음.

1940년 2월 <봉황수> 추천받음. 김위남(金渭男)과 결혼함.

1941년 3월 혜화전문학교 졸업. 4월 월정사 불교강원 외전(外典)강사
    취임. 12월 상경.

1942년 3월 조선어학회 『큰사전』 편찬원. 10월 조선어학회 사건으로
    검거되어 심문받음. 목월과 처음 교유.

1945년 8월 조선문화건설협의회 회원. 10월 한글학회 『국어교본』 편
    찬원. 11월 진단학회 『국사교본』 편찬원.

1946년 2월 경기여고 교사. 3월 전국문필가협회 중앙위원. 4월 청년문
    학가협회 고전문학부장. 『청록집』 간행. 9월 서울여자의전 교수.

1947년 2월 전국문화단체총연합회 창립위원. 4월 동국대 강사.

---

90) 서익환, 『조지훈 시와 자아·자연의 심연』, 국학자료원, 1998, 341-343.을 주로 참조했다.

1948년 10월 고려대학교 문과대학 교수.

1949년 10월 한국문학가협회 창립위원.

1950년 7월 문총구국대 기획위원장. 10월 종군하여 평양에 다녀옴.

1951년 5월 종군문인단 부단장.

1958년 한용운 전집 간행위원회 구성.

1959년 민권수호국민총연맹 중앙위원. 공명선거 전국위원회 중앙위원.

1960년 한국교수협의회 중앙위원. 세종대왕 기념사업회 이사. 3·1독
　　　 립선언 기념비 건립위원회 이사.

1961년 세계문화 자유회의 한국본부 창립위원. 한국 휴머니스트회 평의원.

1962년 고려대 한국고전국역위원장.

1963년 고려대 민족문화연구소 초대 소장.

1964년 동국대 동국역경원 위원.

1965년 성균관대 대동문화연구원 편찬위원.

1966년 민족문화추진위원회 편찬위원.

1967년 한국시인협회 회장. 한국 신시 60년 기념사업회 회장.

1968년 5월 17일 새벽 5시 40분 영면.

1972년 서울 남산에 '조지훈 시비' 세움.

1982년 주실에 '지훈 조동탁 시비' 세움.

2000년 지훈상(지훈문학상, 지훈국학상) 제정.

2006년 고려대학교에 '지훈 시비' 세움.

2007년 주실에 '조지훈문학관' 개관.

시집·저서 목록[91]

조지훈, 박목월, 박두진 공동시집 『청록집』, 을유문화사, 1946.

조지훈, 제2시집 『풀잎단장』, 1952.

조지훈, 시론집 『시의 원리』, 1953. 개정판 1959.

조지훈, 제3시집 『조지훈 시선』, 1956.

조지훈, 수상집 『창에 기대어』, 1958.

조지훈, 제4시집 『역사 앞에서』, 1959.

조지훈, 수상집 『시와 인생』, 1959.

조지훈, 번역서 『채근담』, 1959.

조지훈, 『지조론』, 1962.

조지훈, 수상집 『돌의 미학』, 1964.

조지훈 외, 『한국문화사 대계 - 제1권 민족·국가사』, 1964.

조지훈, 제5시집 『여운』, 1964.

조지훈, 『한국문화사 서설』, 1964.

조지훈, 『조지훈 전집』 전7권, 일지사, 1973.

조지훈, 『조지훈 시선, 승무』, 미래사, 1991.

조지훈, 『조지훈 전집』 전9권 나남출판, 1996.

조지훈, 『조지훈 육필시집』, 나남출판, 2001.

---

91) 조광렬. 앞의 책. 598－600.과 나남출판사에서 간행한 『전집1』권의 465－467.을 주로 참조했다. 조지훈문학관(http://jihun.yyg.go.kr/) 자료도 참조했다.

5.3 문학관과 시비 풍경

지훈문학관

지훈문학관은 경북 영양군 일월면 주곡리 222번지에 자리하고 있다. 시인의 고향 주실 마을에 2007년 5월 18일 개관하였으며, 조지훈 시인의 생가, 옥천 종택, 월록서당 등이 동네에 같이 있다. 시인의 작품들로 공원을 만든 '지훈시공원'이 있고, 마을 입구 시비가 세워졌던 곳은 '시인의 숲'으로 단장되었다. 탐방을 통해 지훈의 문학과 삶의 흔적을 느끼는 기회를 가질 수 있다. 문학관 앞뜰을 주 무대로 2007년부터 지훈예술제가 개최되고 있다. 영양군의 대표적인 문화행사로 자리 잡은 예술제는 다양한 문화 체험의 장으로 활용되고 있다.

김난희 여사가 직접 현판을 쓴 문학관을 들어서면 170여 평 규모에 단층으로 지어진 목조 기와집이 'ㅁ' 자 모양으로 방문객을 맞이한다. 문학관에 들어서면 조지훈의 대표적인 시 <승무>가 흘러나오고, 동선을 따라 조지훈 선생의 삶과 그 정신을 살펴볼 수 있는 다양한 유물들이 전시되어 있다. 또, 문학관을 돌아 나오기 전 한쪽 벽면에는 그의 삶의 단상을 보여 주는 1백 개의 사진들이 걸려 있으며, 그 맞은편 헤드폰을 통해서는 투병 중인 그가 여동생 조동민과 함께 낭송했다는 시 <낙화>를 들을 수 있다.[92]

---

92) 지훈문학관, http://jihun.yyg.go.kr/ 지훈문학관>현황.

지훈문학관 전경

　　지훈문학관 뒤로 '지훈시공원'이 조성되어 있다. 조지훈 선생의 시 27
수가 새겨진 시비가 서 있다. 나무계단을 올라가면 쉼터와 함께 공연장도
마련되어 있다. 시공원 입구에는 <영상>, <묘망>, <완화삼>, <절
정>, <고풍의상> 등 12편이 있고, 계곡 다리 건너편에는 <계림애
창>, <다부원에서>, <산상의 노래> 등 11편이 있다. 그리고 정자 쪽
에는 <봉화수>, <승무>, <파초우>, <낙화>를 새긴 시비가 자리 잡고
있다. 그리고 시공원을 돌아 마을 쪽으로 돌아 나오면 선생의 생가가 있다.

'지훈문학관'(왼쪽)과 '지훈시공원' 안내석

지훈시공원의 승무 시비

지훈 생가 전경

시비

서울 남산에도, 고향 주실에도, 광주공원에도, 구례공원에도 제주 미술관에도 경북 다부원에도 수원 용주사에도 당신을 기리는 시비가 세워졌다. 또 동국대학교 교정에도 2007년 시비가 건립되었다.[93] 목포의 해양공원에 세워진 것도 확인이 된다. 서울 남산에 세워진 것이 최초의 것이다. 1972년 5월 17일에 남산에 세워진 시비의 비문은 김종길 교수가 썼고, 여초 김응현 선생의 글씨로 새겨져 있다. 그것의 내용은 2006년 9월 고려대학교 문과대 창립 60주년 기념으로 고려대학교 교정에 세워진 비문의 초안이 되기도 했다.

조지훈(趙芝薰) 선생은 1920년 12월 3일, 경북 영양군(英陽郡) 일월면(日月面) 주곡동(注谷洞)에서 조헌영(趙憲泳) 씨의 차남으로 태어났으니 본명은 동탁(東卓)이다. 어려서 향리에서 한학을 공부한 후 상경하여 1939년 4월에는 〈문장〉지(誌)를 통하여 시단(詩壇)에 등장했고 1941년 3월에 혜화(惠化)전문학교 문과(文科)를 졸업하였다. 1942년 3월부터 조선어학회의 '큰사전' 편찬에 참여한 그는 일제(日帝)의 횡포가 격심해진 2차 대전 말기를 오대산(五臺山)과 고향에서 숨어 살았다.

해방 후 그는 강의와 학문연구와 문단(文壇)활동으로 일관하였으니 1947년 2월에는 전국문화단체총연합회 결성에 중앙상임위원(1949), 한국교수협회 중앙위원(1960), 세계문화자유회의 한국본부 창립위원(1961), 국제시인회의 한국대표(1961), 고대(高大)부설 민족문화연구소 소장(1963), 한국시인협회 회장(1967), 한국 신시(新詩)60년기념사업회 회장 등을 역임하고, 1968년 5월 17일 만 48세로 애석하게 세상을 떠났다.

그의 저서에는 시집(詩集)으로 1946년에 발간된 박목월(朴木月), 박두진(朴斗鎭)과의 합저(合著) 『청록집(靑鹿集)』을 비롯하여 『풀잎단장(斷章)』(1952), 『조

<hr>

93) 조광렬, 앞의 책, 544.

지훈 시선(詩選)』(1956), 『역사 앞에서』(1959) 및 『여운(餘韻)』(1964)이 있고, 그 밖에 수상(隨想) 및 평론집으로 『창에 기대어』(1958), 『시와 인생』(1959), 『지조론(志操論)』(1962) 및 『돌의 미학(美學)』(1964)과 역서(譯書)로 『채근담(菜根譚)』(1959)이 있고 논고(論考)로 『한국문화사 서설(韓國文化史 序說)』(1964)이 있으며, 논문(論文)으로는 "신라국호연구론고(新羅國號硏究論考)"(1955), "한국민족운동사"(1964), "신라가요연구 논고(論考)" 및 "수투전고(數鬪箋考)"(1966) 등이 있다.

이와 같은 그의 다채로운 경력과 수많은 업적은 그의 활동이 얼마나 눈부신 것이었는가를 뚜렷이 보여 주거니와 그는 비단 우아하고 청장(淸壯)한 시인이었을 뿐만 아니라 한학(漢學)과 불교(佛敎)와 근대문학에 대한 깊은 조예와 문학, 역사, 민속학(民俗學) 등 여러 분야에 걸친 광범한 관심을 가진 학자였다. 또한 절개(節介)와 금도(襟度)와 풍류(風流)에 있어서도 그는 당대에 이름 높던 인사(人士)로서 이미 소시(少時)부터 민족의식에 투철하여 일정(日政)의 질곡(桎梏) 아래 그늘진 삶을 살았으며 광복 직후에는 민족주의 문화진영의 선두에서 설봉(說鋒)을 휘두르던 논객(論客)이었고 대한민국 정부 수립 이후에는 역대 정권의 비리(非理)를 과감히 비판하던 행동하는 지성인(知性人)이었다. 그러면서도 그의 성품은 화사(華奢)하고 치밀하였으니 그는 실로 예민한 감수성과 높은 지성과 굳센 실천력을 겸비한 시인이요 학자요 지사(志士)요 풍류인이었던 것이다.

이러한 뜻에서 그는 빛나는 한국 선비의 전통을 전형적으로 구현(具現)한 사람이요, 그가 평소에 사숙(私淑)하던 매천(梅泉)과 만해(萬海)의 정신과 자질(資質)을 이어받은 당대의 큰 인물이었다. 여기 그의 생전의 벗들과 제자들이 뜻과 힘을 모아 그의 시(詩) 〈파초우(芭蕉雨)〉 한 편을 새기고 그의 행적과 풍모(風貌)의 일단(一端)을 적음은 이러한 그의 빛나는 시(詩)와 생애와 정신을 길이 후세에 전하기 위함이다.

서기 1972년 5월 17일
조지훈 시비(詩碑) 건립위원회

남산에 세워진 지훈 시비의 전경94)

남산 시비의 <파초우> 원문95)

94) http://encyber.com/

95) http://blog.naver.com/sonjson/140032916856

　광주광역시 남구 광주공원 입구에 조지훈 시비가 있다. 시에 새겨진 원문과 시지 전경은 아래와 같다. 그리고 전남 목포시 죽교동 목포해양대학교 내 해양시비공원에서 <바다가 보이는 언덕에 서면>이 새겨진 시비가 있다.

자유여 영원한 소망이여
피 흘리지 않곤 거둘 수 없는 고귀한 열매여!
그 이름 부르기에 목마른 젊음이었기에
맨가슴을 총탄 앞에 헤치고 달려 왔더니라
불의를 무찌르고 자유의 나무의 피거름 되어
우리는 여기 누워 있다
잊지 말자 사람들아
뜨거운 손을 잡고 맹세하던
아～ 그날 사월 십구일을

조지훈 지음

광주공원의 지훈 시비 전경96)

해양공원의 지훈 시비 전경97)

96) http://cafe.daum.net/poetstar/6dJZ/558

시인의 고향 주실 마을에 시비가 세워졌다. <빛을 찾아가는 길>을 새긴 이 시비는 시인의 업적을 기리기 위해서 문하생들이 뜻을 모아 1982년에 시인이 나고 자란 곳에 세운 것이다. 시인의 시비와 길을 마주한 곳에 시인의 친형이었던 조세림 시인의 시비가 함께 서 있다. 비에 새겨진 <국화>의 원문은 다음과 같다. "담 밑에 쓸쓸히 핀 누른 국화야/ 네 그 고독의 자태가 아프다// 바람에 불려불려 섧게 울어도/ 기다리는 나비는 그림자도 없고// 서릿발 차운 손길에/ 마당가 오동잎새가 한 개 두 개// 길게 살아 무엇하리/ 오래 살아 무엇하리/ 끝내 구슬픈 삶일 양이면// 오 국화 외로운 내 마음아/ 처량한 마음 소리에 가슴이 째진다"

주실 마을의 지훈 시비 전경

---

97) http://cafe.daum.net/poetstar/6dJZ/530

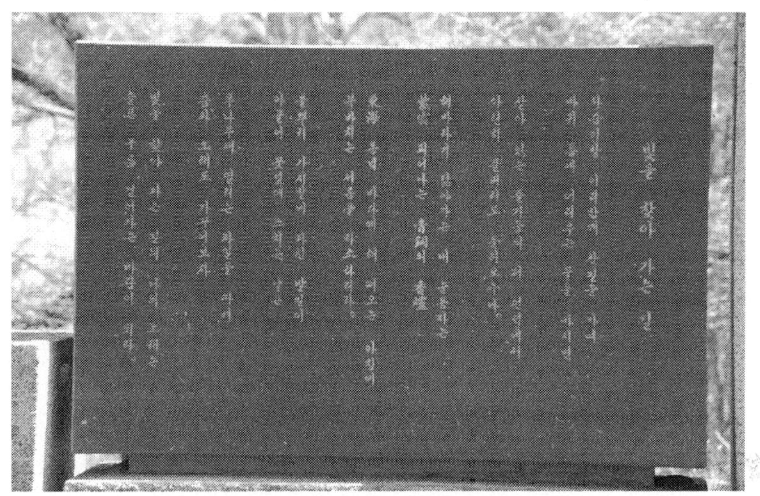

주실 마을 지훈 시비의 시 원문

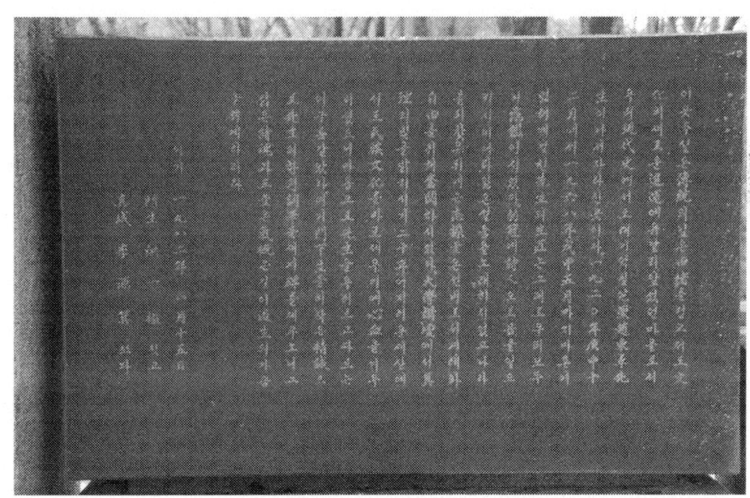

주실 마을 지훈 시비의 설립 취지문

고려대학교 교정에 2006년 9월 29일, 고려대학교 문과대 창립 60주년 기념으로 인촌기념관 고려대학교 교정에 세워졌다. 이 비가 세워진 이후에 고려대 교우회보에 표절 논란이 제기되었고,[98] 시 원문의 정본 논란도 있었다.[99] 이 과정에서 2007년 4월 18일, 시비 뒤의 기둥에 원시를 새기고 '보완 제막식'을 가졌고, 2008년 6월에는 시비 전면의 시를 <승무>로 교체하였다. 고려대 4·18의거 '시국선언문' 작성자였던 박찬세 씨는 당시 "조지훈 선생의 시가 당시 재학생들에게는 큰 힘이 됐다."[100]고 회고하기도 했다. 아래는 비문의 후반부이다.

여기 그의 제자들과 후학들이 뜻과 정성을 모아 그의 시 〈늬들 마음을 우리가 안다〉 한 편을 차가운 돌에 새기니, 이 시는 당시 그가 재직하고 있던 고려대학교 학생들이 1960년 독재정권의 불의를 규탄하는 4.18의거에 앞장선 것을 보고 스승으로서의 감회와 제자들에 대한 사랑, 그리고 조국의 미래에 대한 우국충정을 담은 역작이라고 할 것이다. 우리는 이 한 편의 시가 민족의 대학이요 마음의 고향인 고려대학교의 교정을 지키면서 사제의 정을 돈독히 하는 한편 민족 지성의 상징적 징표로서 전고대인들과 더불어 후세에 길이 빛나기를 염원한다.

---

98) http://www.kuaa.or.kr/bulletin/bulletin_view.html?cid=6&aid=3192

99) http://www.donga.com/fbin/output?n=200708120117

100) http://www.kuaa.or.kr/bulletin/bulletin_view.html?cid=4&aid=3913

2006년 개막 당시 고려대 교정 시비

전면이 <승무>로 교체된 현재의 시비[101]

---

101) http://cafe.daum.net/newspaperenglish/L0mK/294

6. 권정생: 빌뱅이 언덕에 내리는 햇살

‘권정생’은 이미 브랜드가 되었다. 1974년 『강아지똥』으로 출간된 동화는 애니메이션으로, 노래로 만들어지고, 시의 소재가 되기도 했다. 『사과나무밭 달님』, 『몽실언니』, 『초가집이 있던 마을』 등과 『밥데기 죽데기』, 『한티재 하늘』 등의 동화집이 나왔다. 작가는 ‘어머니로부터 들었던 이야기’가 이야기의 모태가 되었다고 한 적이 있다. 자신의 삶 자체가 이야기의 소재이자 주제이며, 작가 자신과 작가의 이웃이 주인공이다. 자전적 이야기 「별똥별」은 동화이지만, 글 전체가 환유로 꾸려지고 있다. 한 문장 한 문장을 떼어 놓으면 시가 된다.

1988년에 출간한 시집 『어머니 사시는 그 나라에는』과, 그 이후 잡지에 발표한 시도 그의 삶 속에 있다. 「무명저고리와 엄마」는 ‘3년 동안이나 한 줄 한 줄 적었던 작품’이라고 했다. 건강이 좋지 않았던 그는, ‘이번 작품은 완성하고 죽어야지’ 하는 맘을 먹었던 기억을 풀어 놓기도 했다. 그는 학교를 제대로 다니지도 못했고, 소설이나 시 창작에 대해 따로 배우거나 강의를 들은 적도 없지만, 새로운 영역을 개척하고 새로운 기법을 시도하여 경지에 도달했다. 그를 품은 독자들을 보면서, ‘교육’과 ‘창작’에 대한 교훈과 ‘삶’에 대한 조언을 얻는다.

6.1 대표 작품

〈소 · 1〉[102]

보릿짚 깔고
보릿짚 덮고
보리처럼 잠을 잔다.

눈 꼭 감고 귀 오그리고
코로 숨쉬고

엄마 꿈 꾼다.
아버지 꿈 꾼다.
커다란 몸뚱이,
굵다란 네 다리.

 ― 아버지, 내 어깨가 이만치 튼튼해요.
가슴 쫙 펴고 자랑하고 싶은데
그 아버지는 지금 어디에 있을까?

소는 보릿짚 속에서 잠이 깨면
눈에 눈물이 쪼르르 흐른다.

<소> 연작은 권정생의 시 세계를 폭넓게 보여 주는 작품이다. 그런 점에서 이 시의 주제와 여기서 드러나는 작가의 현실 인식을 통해 권정생 시의 전체 윤곽을 그려 볼 수 있다. 일반적으로 그리움의 기저에는 가졌던 것의 상실이 자리하고 있다. 과거의 관계에서 형성되었던 것이

---

102) 권정생, 『어머니 사시는 그 나라에는』, 지식산업사, 1988, 18-19.

현재에 결여로 작용하게 되고, 그것에서 박탈감을 느끼게 될 때 그것은 그리움이다. 현재 시점에서의 결여가 생성해 내는 것은 과거에 대한 기억이다. 기억에 의존해서 현재의 결여 항이 인식될 때 그것은 그리움이 되고, 애초에 형성되었던 관계로의 회복을 꿈꾸는 형태로 나타나면 그 대상은 미래에 대한 희망으로 대치되기도 한다. 그것은 동시에 현재의 그리움을 이겨내는 에너지로 충전된다.

튼튼한 어깨를 가진 훌륭한 일꾼이자 청년으로 자란 소가 부모님을 만나고 싶지만 그것은 꿈속에서나 가능한 일이다. 간절히 소망하는 것이기에 꿈에 반영되는 것이기도 하다. 유년기에 고향 풍경은 당연히 엄마, 아빠와 함께하는 모습이다. 젖을 뗀 어느 시점에서 부모로부터 떨어지게 되었을 것이다. 그런 점에서 보리짚은 고향과 부모님에 대한 기억을 연결하는, 곧 부모님과 함께하던 시절에 대한 기억을 되새기는 매체이다. 깔고 덮은 보리짚 속에서 꿈꾸는 순간은 부모님과 함께하는 고향의 품이다. 꿈에서 깨면서 결여의 현실을 각성하게 되면 '쪼르르 눈물'이 흐르는 것은 이 때문이다.

가족에 대한 생각은 원초적 관계에 대한 향수이다. 이것은 사회적으로 형성된 여타의 가치에 우선하는 원초적 가치이다. <소·1>에서 그려지는 것은 '가족이 그립다'이다. 원초적 가치의 상실에 기인한 그리움은 현재의 외로움으로 나타난다. 그리움은 현재에서 보면 사랑의 결여 상태이기도 하다. 가족과 함께하는 사랑이 충만한 삶의 기회는 이별과 상실로 인해 잃어버렸다. 사랑할 기회의 박탈은 그리움을 낳고, 그리움은 행위 주체의 현재를 외로움의 상태로 확정한다. 이런 점에서 외로움은 사랑이 잉태한 아픔이다. 가족 간의 사랑이라는 원초적인 사랑의 훼손이,

그리고 복원되지 않은 원초적 가치가 외로움으로 표출된 것이다.

작가의 다른 여러 작품에서 외로움을 형상화한 것을 발견할 수 있다. <토끼·1>, <토끼·2>, <토끼·3>과 <외딴집 대추나무>, <할매 얼굴>, <패랭이꽃> 등을 비롯하여 <민들레 이야기>의 6, 7, 8연 부분 등과 <보리매미>, <해바라기>, <반디>, <불콩>, <쑥떡> 등에서 외로움이 드러난다. 시 작품뿐만 아니라 "정들어 자라온 땅을 떠난다는 것은 가슴이 쓰리고 서러운 일이었다."[103] 등에서 보듯, 작가의 다른 글에서도 외로움은 다양한 형태로 표현되어 있다. 시집의 제목이 되었던 <어머니 사시는 그 나라에는>도 어머니가 겪었던 애환의 삶이 그려지고 있지만 그 기저는 홀로 남은 작가의 외로움이 차지하고 있다.[104]

〈소·2〉[105]

짐수레는 무겁고
바퀴는 뒤로 잡아당기는 오르막길.

가까스로
가까스로 올라가면
네 개 다리가 떨린다.

포플라나무 단풍잎이

---

103) 권정생, 「유랑걸식 끝에 교회 문간방으로」, 『우리들의 하느님』, 녹색평론사, 1996, 11.

104) "개구리든 생쥐든 메뚜기든 굼벵이든 같은 햇빛 아래 같은 공기와 물을 마시며 고통도 슬픔도 겪으면서 살다 죽는 게 아닌가. 나는 그래서 황금덩이보다 강아지똥이 더 귀한 것을 알았고 외롭지 않게 되었다."는 구절에서 작가는 외로움을 떨친 것처럼 진술되어 있다. 이를 계기로 작가는 실제로 외로움의 고통으로부터 자유로워졌을 수도 있지만, 그것은 (더 큰) 가치에 대한 깨달음이지 인간적인 외로움이 극복된 것으로 볼 수는 없다. 권정생, 「유랑걸식 끝에 교회 문간방으로」, 앞의 책, 12.

105) 권정생, 『어머니 사시는 그 나라에는』, 지식산업사, 1988, 20-21.

힘 없이 떨어지는 길바닥에
그만 주저앉고 싶어진다.

등어리에 흥건히 배인 땀방울
못 견디게 헐떡거리는 양쪽 어깨.

가만히 하늘을 쳐다보고
눈을 지그시 감는다.

먼 곳에서 어른거리는
언니야, 누나야,

우리 모두 힘껏
힘껏 살아요.

　　무거운 짐수레를 끄는 일상은 '주저앉고 싶어지는'[106] 고난의 상황이다. 무거운 짐은 수레에 실린 무게이자 소의 일상에 대한 은유이기도 하다. 하루하루 무거운 짐 앞에서 주저앉고 싶지만, 땀에 배고 어깨가 헐떡거리지만, 언니와 누나의 존재는 일상의 고달픔을 견디게 하는 에너지이다. '눈 지그시 감으면' 떠오르는 언니와 누나의 모습은 앞의 <소·1>에서 그리고 있는, 꿈속에서 만나게 되는 엄마 아빠의 존재에 다름 아니다. 가만히 고개 들어 하늘 보면 떠오르는 그들과 언젠가는 만나리라는 희망이 현재의 고난을 치유하는 힘이자 현실의 무게를 지탱하는 기둥이 되고 있다.

---

106) '주저앉고 싶은' 상황은 시인의 다른 시에서도 발견된다. "하느님/ 정말 힘들었어요./ 산비탈 바위 틈/ 메마른 곳에서/ 가뭄에 목이 타고/ 배고프고/ 외로웠어요." (〈작은 코스모스 한 송이〉 부분)이나 "길 가다가도 퍼질러 앉으면/ 앉은 채 붙어서 떨어지지 않는 엉덩이" (〈결핵·1〉 부분) 등.

마지막 구절 "우리 모두 힘껏 살아요."는 이별과 상실의 현재를 확인하고 인정하면서 미래의 희망을 담보하는 표현이다. 그 희망은 가족이 함께하면서 사랑을 나누는, 그래서 그리움과 외로움이 극복되는 것을 지향하고 있다. 여기에서 원초적 가치의 위력을 발견할 수 있다. <소·2>에서 그려지는 것은 '모두 힘껏 살자'이다. 이 표현은 현재의 고난을 씩씩하게 극복하자는 문면이지만, 이를 통해 강조되는 것은 미래의 그림이다. 언니 누나로 대변되는 가족의 이별 상태 해소에 대한 희망과 확신을 읽을 수 있는 대목이다. 여기서도 현재의 외로움이 토대가 됨은 분명하다.

권정생 선생이 작성한 유언장에서도 외로움의 기조를 확인할 수 있다. 유언장은 두 가지로 알려져 있는데, 자료로 확인되는 것은 ① 2005년 5월 1일 작성된 것으로 3쪽 분량의 것과 ② 2007년 3월 31일 오후 6시 10분에 작성된 2쪽 분량의 것이다.[107] ①은 관조하는 태도로 작가의 인생을 돌아보며 정리하는 내용이다. 작가가 평생을 살아오면서 가졌던 신념이 나타나 있으므로 '삶의 노트'라고 할 수 있다. 여기에는 가치관과 의식이 투영되어 있다. ②에는 생을 마감하는 작가의 절실한 심정이 표현되어 있다. 생의 마감을 감지한 작가의 과업이자 남겨진 과제를 제시

---

[107] ①은 반듯한 글씨로 썼었고, 최완택 목사, 정호경 신부, 박연철 변호사가 수신자이다. 이들을 지칭하며 '이 사람은' 등으로 쓴 것으로 보아, 유언장의 수신자는 이들에게 한정되지 않는다. 한 편의 동화처럼 모든 독자들에게 개방되었다고 할 수 있다. 작가의 인생을 돌아보며 정리하는 내용이다. 여기에 '죽음'으로써 '아픔'과 '슬픔'과 '외로움'이 끝이라는 내용과 '환생'에 관한 내용이 담겨있다. ②는 '1초도 참기 어려운' 고통의 순간에 쓴 글로, 서두가 '정호경 신부님./ 마지막 글입니다.'로 시작한다. 육필로 쓴 '글씨'에서 당시 선생이 겪었을 고통이 그대로 전해지고 있다. "제발 이 세상 너무도 아름다운 세상에 사람이 사람을 죽이는 일이 없게 해 달라고" 하느님께 기도해 달라는 부탁을 하고 있다. 예금통장 정리되면 북쪽 굶주리는 아이들에게 보내 달라는 내용에 이어서 "중동, 아프리까, 그리고 티벳 아이들은 앞으로 어떻게 하지요. 기도 많이 해 주세요. 안녕히 계십시오."로 맺고 있다.
출처: 권정생 http://www.kwonjungsaeng.com 20080621 14:20.

하는 것으로, '실천의 길'이라고 할 수 있다.

　A

　앞으로 언제 죽을지는 모르지만 좀 낭만적으로 죽었으면 좋겠다. (중략) 죽으면 아픈 것도 슬픈 것도 외로운 것도 끝이다. 웃는 것도 화내는 것도. 그러니 용감하게 죽겠다. (중략)

　B

　만약에 죽은 뒤 다시 환생할 수 있다면 건강한 남자로 태어나고 싶다. 태어나서 25살 때 22살이나 23살쯤 되는 아가씨와 연애를 하고 싶다. 벌벌 떨지 않고 잘 할 것이다.

　하지만 다시 환생했을 때도 세상에 얼간이 같은 폭군 지도자가 있을 테고 여전히 전쟁을 할지 모른다. 그렇다면 환생은 생각해 봐서 그만둘 수도 있다.[108]

　위에 인용된 것은 유언장 ①의 일부이다. A에서 주목할 부분은 '아픔', '슬픔', '외로움'은 '죽음'으로써 끝낼 수 있다는 지적이다. 작가의 생을 통해서 가장 절실한 문제였거나 일생을 두고 가장 큰 화두로 삼았던 것이 이들이라는 점이 여기에서 드러난다. 죽음을 통해서 비로소 놓을 수 있다는 것이 이를 증언하고 있다. B는 '환생'이라는 코드를 빌려서 작가의 희망 또는 꿈을 이야기하는 부분이다. 건강한 남자로 태어나

---

108) 권정생 http://www.kwonjungsaeng.com 20080621 14:20. A, B 기호와 밑줄은 인용자가 표시한 것임.

연애를 하고 싶다는 내용이다. 그러나 그 간절한 희망도 포기할 수 있다는 구절을 통해 '폭군'이나 '전쟁' 등으로 대변되는 사회 구조적 착취와 억압 구조가 주는 모순과 아픔에 저항하고 있다.

A와 B에서 드러나는 중심 내용은 각각 '아픔-슬픔-외로움'과 '건강한 남자-연애-폭군(전쟁) 반대'이다. 건강한 남자는 '아픔' 없는 삶에 대한 희망이고, 연애는 '외로움' 없는 삶에 대한 설계이자 희망이다. 그리고 폭군이 없는 세상, 전쟁이 없는 세상이라는 진술을 통해 작가가 주장하는 것은, 역사적 경험으로 볼 때 '본인의 의사'와 상관없이 민초들이 겪어야 하는 고통과 아픔의 원인을 제공하는 것이 정치권력과 전쟁이라는 점이다.[109] 이런 주장에서 드러나는 작가의 신념은, 이념과 국가 권력에 우선하는 것이 가족과 가정의 가치라는 점을 확인할 수 있다.

유언장에서 보듯, <소·1> 등의 작품에 표현된 '외로움'은 작가와 평생을 함께했던, 그의 가장 친근한 벗이었다. 가장 가까이에서 가장 익숙하게, 습관처럼 운명처럼 그렇게 자리 잡고 있었다. 부모 형제와 친구는 늘 그리움 속의 존재였고, 배우자도 자식도 만들지 못했던 작가에게 외로움은 인생의 동반자였다. "연애는 수없이 했지요. 할아버지 할머니하고도 아이들하고도 강아지하고도 생쥐하고도 개구리하고도 개똥이하고도……."[110]라는 고백은 연애 한 번 제대로 못 해 봤음을 고백하는

---

109) "분단과 전쟁, 그리고 이 땅의 자연과 인민이 강대국의 수탈에서 벗어나지 못하는 한 우리의 환경은 더욱 살벌해질 것이다. 지난 5월에 처형된 가정 파괴범들은 이런 극단의 역사적 현실이 만들어 낸 인간 상실의 가장 큰 피해자들인지도 모른다."(권정생, 「가정 파괴범」, 『우리들의 하느님』, 녹색평론사, 1996, 63.), "아비와 자식이 서로 총구멍을 맞대고 싸우는 전쟁도 전쟁일까? 공비가 되어 숨어다니는 아비가 있고 그 자식은 멋도 모르고 공비토벌가를 목청껏 불러대는, 그런 잔인한 비극이 또 어디 있을까?"(권정생, 「영원히 부끄러울 전쟁」, 앞의 책, 142.) 등 참조.

110) 권정생, 「유랑걸식 끝에 교회 문간방으로」, 앞의 책, 13.

말에 다름 아니다. 생쥐와 강아지와 나무와 온갖 미물들과 나누었던 이
야기는 인간의 측면에서 작가의 외로움을 부각시키는 내용이다.

〈소 · **4**〉111)

벙어리야, 벙어리야,
소는 들어도 못 들은 척하고
보고도 못 본 척하고
소는 가슴 속에 하늘을 담고 다닌다.

봄 여름 가을 겨울
언제나 어디서나 고달프지만
소는 온몸으로 그림을 그린다.
소는 온몸으로 시를 쓴다.

코뚜레에 꿰여 끌려 다니면서도
소는 자유를 잃지 않으려 남을 절대 부리지 않는다.

들으면서도 못 들은 척 하는
벙어리야, 벙어리야, 벙어리야,
소는 무거운 짐 혼자서 끌고
소는 온몸으로 이야기를 하면서 간다.
슬픈 이야기 한 발짝 두 발짝
천천히 천천히 들려 준다.

　　권정생의 시에서 <삼베치마 · 1>, <삼베치마 · 2>, <삼베치마 · 3>
연작과 <돌탭이 아재 · 1>, <돌탭이 아재 · 2>, <돌탭이 아재 · 3> 연

---

111) 권정생, 『어머니 사시는 그 나라에는』, 1988, 24.

작, 그리고 <농꼴이 아재네 능금나무 밑·1> 등은 일상의 아픔을 그리고 있는 작품이다. 넓게 보면, <우물>이나 <어머니 사시는 그 나라에는>에서도 삶의 아픔이 절절히 묻어난다. 외로움을 그린 작품들과 함께 권정생 작품에서 다른 한 줄기를 형성하는 것이 아픔을 형상화한 것이다. <소> 연작에서는 <소·4>, <소·6>, <소·3>에서 묵묵히 일상을 수행하는 개체가 감내하는 아픔이 드러나고 있다. 양태나 정도는 조금씩 다르지만, 이들 작품에서는 아픔에 내재되어 있는 가치에 주목할 수 있다.

빛나는 가치는 쉽게 드러나지 않으며 누구의 눈에나 띄는 것도 아니다. 그것은 곧이곧대로 문면에 드러나는 것도 아니다. 은유의 옷을 벗기거나 통과의례를 거쳐야만 그 실상을 발견할 수 있다. 그래서 가치를 지닌 존재는 일상에서 그 가치가 빛을 발하기 전에는 숨겨져 있기 마련이고, 그 가치를 모르는 이들로부터 상처를 받거나 따돌림을 당하기도 한다. 그러나 그것은 낮은 곳에 있으나 천박하지 않고 드러나지 않으나 내적으로는 그 깊이와 무게를 더해 가고 있다. 아래에 인용된 작품들에서 작가는, 현실적 아픔을 감내하는 개체가 내재하고 있는 가치를 강조하고 있다.

위의 시에서 듣지도 보지도 못하는 소는 벙어리로 대변된다. 못 본 척, 못 들은 척할 뿐이다. 말하지 않지만 그것이 곧 듣지 못하고 보지 못하는 것이 아님을 이야기하고 있다. 고달픔을 감내하면서 그는 자유를 갈구한다. 자유의 소중한 가치를 알기에 그는 자신의 자유를 위해서 다른 존재를 희생시키지 않는다. 대신 자신이 아픔을 견디면서 묵묵히 그것을 지켜 나가고 있다. 그가 온몸으로 쓰는 시는 온몸으로 말하고 있음을 나타낸다. '말'로 말하지 않을 뿐, 소는 충분히 그리고 분명히 말하고 있다. 그 말을 알아듣지 못하는 존재가 오히려 진정한 불구임이 표현된 부분이다.

현상으로는 벙어리지만 실상 벙어리가 아니며, 오히려 더 가치로운 존재임을 드러낼 수 있는 것은 그가 현실의 아픔을 감내하기 때문이다. 세상의 눈에 어리석어 보이는 존재이지만, 보이는 것처럼 어리석지는 않다는 것을 보여 줄 수 있는 것은, 나아가 말 잘하는 이가 오히려 바보일 수 있다는, 상식을 역전할 수 있는 힘은 아픔을 승화한 소의 의지에 뿌리를 내리고 있다. '온몸'이 '천천히' 들려주는 이야기는 숙성된 아픔의 소리이자, 보이는 것 너머에 있는 진실을 갈파하는 외침이다. 바보이야기[112]에서 그 전형을 찾을 수 있는 지혜이자 교훈을 여기에서도 발견할 수 있다.

시인의 다른 글들에서도 가난과 노동의 가치를 높이 평가한 것이 발견된다. 다음의 것이 그 예다. "빈민(貧民)이란 말만큼 성스러운 것도 없을 것이다. 아무것도 가진 것이 없는 사람들이 하늘을 마름대로 쳐다본다. 부끄럽지 않기 때문이다. 그런 빈민들이 살던 골목길엔 국경도 없고 인종차별도 없다."[113]는 구절에서는 가난을 성스럽게 이야기하고 있다. 작가가 보여 준 종교 지도자들에 대한 비판적 견해를 연결한다면, 가난의 가치에 대한 인식이 두드러진다. 그리고 "삶의 현장에서 온몸으로 살아가는 노동만이 진정한 구도자의 길이기 때문이다."[114]라는 언급에는 노동의 가치에 대한 신념이 나타난다.

---

112) 이강엽, 『바보 이야기 그 웃음의 참뜻』, 평민사, 1998, 12-37 참조.
113) 권정생, 「영원히 부끄러운 전쟁」, 앞의 책, 141.
114) 권정생, 「녹색을 찾는 길」, 앞의 책, 100.

소야, 몇 살이니?
그런 것 모른다.
고향은 어디니?
그것도 모른다.
그럼, 아버지 성은?
그런 것 그런 것도 모른다.
니를 낳을 때 어머니는 무슨 꿈 꿨니?
모른다 모른다.
형제는 몇이었니?
모른다 모른다 모른다.
민주주의니? 공산주의니?
……
소는 사람처럼 번거롭기가 싫다.
소는 사람처럼 따지는 게 싫다.
소는 사람처럼 등지는 게 싫다.
소는 들판이 사랑스럽고,
소는 하늘이 아름다웁고,
소는 모든 게 평화로웁고.

이 시에서 화자가 소에게 던지는 질문은 모두 인간들의 관심사이다. 그것에 대해서 소는 '모른다'로 일관하고 있다. 인간이 가치 있게 여기는 항목들이 나열되지만, 소는 그런 것이 '싫다'. 그에게는 '들판, 하늘'처럼 인간의 눈을 벗어난 것이 소중하고, '모든' 것이 '평화'롭다. 여기에는, 인간과 동시대를 살지만 인간과는 다른 가치 혹은 반대의 가치를 실천하는 소의 삶이 그려지고 있다. 그를 통해 말해지는 것은 '나는 모

____

115) 권정생, 『어머니 사시는 그 나라에는』, 지식산업사, 1988, 22 - 23.

른다' 그래서 '너와 다르다'이다. 이 진술들은 '인간'의 관점과 궤도를 벗어나는 순간 '네가 바보다'는 메시지로 변화한다. 작가는 이 시를 통해 사람이 추구하는 가치에 대한 회의를 요구하고, 회의하지 않는 확신에 대한 반성을 의뢰하고 있다.

작가의 동화를 비롯해서 작품에 일관되게 등장하는 것이 이분법적 구도이다. 그것은 '어른/아이', '인간/자연', '현재/과거', '타향/고향' 등 항으로 제시되는데, 작가는 예외 없이 후자의 것에 가치를 부여한다. 그래서 어린이의 편에서 세상을 바라보고자 하고, 자연의 편에서 삶을 추구하고자 하며, 과거를 그리워하고 추억한다. 고향과 유년은 작가의 정신적 뿌리다. 그것에서 파생되는 가족, 특히 어머니[116]와 목생 형은 인간 권정생의 뿌리이자 돌아갈 고향이기도 하다. 이러한 이분법적 구도에서 작가는 일관되게 명쾌한 대답을 들려주고 있다. 작품이 그러하고 그의 삶이 그러하다.

유언장에서도 발견할 수 있는, 작가 의식의 세 기둥 중 하나가 아픔이다. '아픔'은 심신의 아픔을 포괄하며, 병마와 함께하는 삶을 포함하고 있다. 청소년기에 결핵을 앓았고, 그것의 고통에서 평생 헤어나지 못했고, 소변주머니를 차고 살았으며, 병마에 찌든 육신의 고통 속에서 생을 마감했다. 김용락 시인이 전하는 것에 의하면, "언젠가 한번 '선생님 몸이 어때요?' 하면서 물었더니 '상태가 좋을 때가 보통 사람이 지게로 짐을 한 짐 가득지고 있는 것 같다.'는 말씀을 하신 적이 있다."[117] 아픔은

---

116) 임종을 지켰던 김용락 시인의 증언에 의하면, 작가는 이승에서의 마지막 순간 '오매! 오매! 오매!' 하며 어머니를 불렀다고 한다. 『권정생 특집』(KBS 1TV 2007년 9월 26일 방영) 참조. 그리고 그의 또 다른 진술, "우리들 어머니, 그것은 참다운 평화와 순수의 종교였다." 권정생, 「종교의 어머니」, 『우리들의 하느님』, 녹색평론사, 1996, 49.

그의 일신의 일생을 통해서,[118] 그의 생애의 이웃을 통해서 그의 곁을
떠날 줄 몰랐던 짐이었다.

　　〈소 · 5〉[119]

　　주인집 아가씨
　　혼수감을 실은
　　구루마를 끌던 날

　　느티나무 언덕에서
　　엄마소는 넷째 생각을 했다.

　　두 달 전 장날
　　나부라진 귀를 쫑그렸다가
　　끌려 내려가던 암송아지

　　넷째는 청산고개에서
　　옴매애
　　옴매애
　　울었지……

　　앞에서 외로움과 아픔으로 수렴되는 작품들을 보았다. 외로움은 '기다
림'으로 나타나고, '이별/그리움'이 그것의 토대를 구축하고 있었다. 아
픔으로 수렴되는 작품은 문면에 '이겨냄'으로 표현되고, '약자/장애'가

---

117) 김용락, 「동화작가 권정생」, 『초등우리교육』 제99호, 1998, 108.

118) 그의 다음 진술 참조. "내가 결핵으로 고생한 지도 벌써 마흔 해가 넘었다. 이따금 지난날을 돌이
　　켜보면 그 당시 죽어간 많은 이웃들처럼 나도 그때 죽었더라면 이런 고통스런 인생은 살지 않아도
　　되었을 것이라는 생각도 든다." 권정생, 「영원히 부끄러울 전쟁」, 앞의 책, 141.

119) 권정생, 『어머니 사시는 그 나라에는』, 지식산업사, 1988, 26.

그것의 토대를 이루면서 동시에 그것을 극복하는 양상으로 드러났다. 여기에서 다룰 작품들은 슬픔으로 수렴된다. 작가의 다른 작품들 중에는 <달팽이·3>, <민들레 이야기>의 1, 2, <쌀>, <점례> 등과, 넓게 보면, <꽃다지>, <금동네 할머니>, <통일이 언제 되니?>, <할아버지 금강산 구경가요>, <진달래 꺾어 들고> 등을 비롯한 통일, 분단, 전쟁을 그리고 있는 작품이 이에 해당한다.

일상에서 치유되지 않는 고통이 슬픔을 주제로 한 작품의 특징이다. 이런 고통의 원인은 사회 구조적 문제로 고착되어 있거나, 전쟁·분단 등 역사적 맥락에서 개인이 선택하거나 회피할 수 있는 문제가 아닌, 구조적 모순에 기인하는 거대 담론들이다. 국가 권력으로부터의 소외, 강대국으로부터의 착취 등 약자의 운명을 타고난 이들의 삶을 그리는 작품의 문면에는 '서러움'이 흐른다. 작품의 기저에는 깊고 긴, 거스를 수 없어 보이는 슬픔의 물결이 도도히 흐르고 있다. 이것은 '희생/차별'의 모습을 띠고 있다. <소·5>, <소·7> 등에서 보듯, 이것의 뿌리는 개인적인 차원을 넘어서서 구조적 문제와 맞닿아 있음을 발견할 수 있다.

위 시의 배경은 주인집 아가씨가 혼인하는 날이다. 넷째가 '팔려 감'으로써 이별하게 된 가족 간의 정이나 그리움이 표현되어 있다. 두 달 전 청산고개에서 울던 넷째의 울음소리 '옴매애'를 부각시키는 마지막 연에는 이별의 기억이 아직도 생생함이 강조되고 있다. 이 시가 그리움이나 외로움으로 읽힐 수 있는 것은 이 때문이다. 헤어진 가족에 대한 그리움이 울음소리처럼 울려 퍼지는 정황이 감지된다. 본문은 어미 소의 시각으로 그려지고 있지만, 가족을 그리는 심정은 어미 소뿐만 아니라 팔려 간 넷째도 어미를 그리는 맘이 애절할 수밖에 없을 것임이 함께 이야기되는 상황이다.

이 시가 상실의 상황, 곧 가족의 이별과 이로 인한 그리움 내지 외로움으로 그칠 수 없는 것은 시의 배경을 통해서 드러난다. 주인집 딸의 '혼례' 준비를 위해서 넷째가 '팔려' 갔기 때문이다.[120] 주종 관계에서 주인의 이익을 위해, 주인의 의지대로, 주인에 의해 '희생'된 존재가 '소'의 가족이다. 이는, 그립지만 열심히 일하며 기다리는 행위를 통해 상황이 개선되거나 해결될 성격의 것이 아니라는 점에서 앞의 두 장에서 보았던 것과 구별된다. 여기에 나타난 일방적인 희생이 강요되는 관계, 구조화된 주종관계는 노력으로 해결될 수 없다. '운명적'으로 결정된 차별의 구조가 그려진 혹은 고발된 작품이다.

〈소 · 7〉[121]

장터 푸줏간 옆을 지날 때마다
소는 거기 매달린
시뻘건 고깃덩어리를 보았다.
바깥까지 풍겨 나오는 냄새 때문에
처음엔 신기했다가
그 다음엔 무서웠다가
다음엔 왠지 처량해졌다.
그 피 냄새와
시뻘건 고깃덩어리가
살아서 울고 있는 것만 같았기 때문이다.

---

120) 주인집은 혼사를 통해서 새로운 가족을 '형성' 또는 가족 단위를 확장하는 반면, 소 가족은 주인집 혼사로 인해 넷째가 팔려감으로써 가족 단위가 '해체' 혹은 파괴된다. 갑과 을의 '관계'가 상생이 아닌 약육강식이다.

121) 권정생, 앞의 책, 28.

장터 푸줏간 옆을 지날 때마다
어디선지 할아버지와 아저씨들
그리고 동무들과 동생들의 울음소리가 들려 왔다.

　작가는 다른 글에서 국가 권력이나 강대국 등에 대한 인식을 수차례 피력하고 있다. "태어나기는 어머니, 아버지한테서 낳지만 그의 인생은 분단과 6·25전쟁이 만든 인생이었다."[122] "국민이 국가를 위해 하고 싶은 일을 하도록 허락하는 국가가 있기나 하는 걸까?"[123] 등에서는 우리 근대사에서 일반 국민들이 겪어야 했던, 개인에게 원인과 책임이 없지만, 선택하거나 피할 수 없었던 운명을 지적하고 있다. "분단과 전쟁, 그리고 이 땅의 자연과 인민이 강대국의 수탈에서 벗어나지 못하는 한 우리의 환경은 더욱 살벌해질 것이다."[124]에서도 구조적 모순에 기인한 슬픔에 대한 인식이 드러나고 있다.

　위의 시에서 울고 있는 시뻘건 고깃덩어리의 소리를 듣는 것은 존재론적 비애이다. 푸줏간에 매달린 '고기'들은 가족과 친구들의 목숨 값이다. '을'의 운명은 '쉼 없이 일함'이나 '팔려 감'으로 끝나지 않고, '고깃덩어리'가 되는 상황에 이르게 됨이 그려지고 있다. '신기함'이 '무서움'으로, 다시 '처량함'에 이를 때가 되면 운명적 상황에 대한 인식에 도달하게 된다. 이 이야기의 껍질을 벗기고 들어가면, 그 내면에는 '네가 나쁘다.'는 메시지가 담겨 있다. 이는 약자이자 '을'인 주인공에게 도덕적 우위를 확보하게 이끈다. 여기서 발견하는 도덕적 우위는 앞에서 보았던,

---

122) 권정생, 「영원히 부끄러울 전쟁」, 『우리들의 하느님』, 녹색평론사, 1996, 137.
123) 권정생, 「꽃을 꽃으로만 볼 수 있는 세상이」, 앞의 책, 151.
124) 권정생, 「가정 파괴범」, 앞의 책, 63.

이분법적 기준하에서의 상대적인 우위를 점하던 작품군과는 구별된다.

'슬픔'은 태어나면서부터 그가 감내해야 했던 것이다. 가족들과 헤어져서, 가족을 먼저 떠나보내야 해서 슬펐다. 작가는 고향에서 살 수 없었고, 친구들과 함께하지 못했고, 이승에서의 인연을 일찍 다하는 친구를 두었던 슬픔을 토로했다. 세계 대전을 겪어야 했고, 동족 간의 전쟁을 치르면서 자신의 의사와 무관하게 가족과 형제, 친구들이 적이 되어 벌이는 싸움 앞에서 절망했고, 치유되지 않는 분단의 아픔에 고통스러워했다. '폭군 지도자'들은 여전하고, 세계 도처에서 고통받는 어린이들의 신음 소리가 줄어들지 않는 현실은 슬픈 모습이다. 작가는 "고통 없는 삶은 없다."[125]고 말한 바 있다.

작가의 많은 작품들이 그렇지만, <소> 연작도 '결여/상실'의 코드에서 출발한다. '이별/그리움, 약자/장애, 희생/차별'의 현실을 통해 '기다림, 이겨냄, 서러움'의 다리를 거쳐 '외로움, 아픔, 슬픔'으로 이어지는 <소> 연작은 슬픔으로 귀착된다. 여기에서 우리가 주목할 수 있는 것은, 권정생 작가의 세계관이다. 유언장에서도 '환생'하지 않을 수도 있다는 전제는 '폭군'의 존재였다. 그것은 일종의 운명론적 세계관이다. 약자와 낮은 자의 편에서 그들의 입장을 이야기하고 그들의 처지를 옹호하고 그들의 생활을 걱정하는 작가이지만, 그의 진술은 '거기까지'[126]이다.

---

125) "어디서나 언제나 인간은 아무도 고통 없이 살지 않았다는 것을……." 권정생, 「비참한 사람들의 삶」, 앞의 책, 185.

126) 동화 연구자들이 이야기하는, '혁명가적 기질'이 있지는 않다는 견해와도 맥을 같이하는 것이다. 지금 단계에서 이것을 작가의 '한계'라고 규정할 수는 없다. 작가가 밝히고 있듯이, 실상은 '이야기함'이 글쓰기의 목적이다. '경험한 것, 들은 것을 들려주는 것, 다른 사람의 이야기를 읽을(들을) 기회를 주는 것', 이것이 작가의 소신이자 글쓰기 철학이기 때문이다. 다음과 같은 작가의 고백에서도 그것이 확인된다. "나는 몇 편의 6·25전쟁을 다룬 동화를 썼지만 어떤 소명의식이나 대단한 애국심으로 쓴 것이 아니다. 단지 잘못된 것에 대해 '아니오'를 말하고 싶었고 그런 동화를 통해서

　권정생 시에서 그려지는 주제는 외로움, 아픔, 슬픔 등이다. '결여의 현실과 합일의 희망'으로 드러난 외로움은 그리움을 토대로 하였다. 고향이나 가족 등 소중한 것을 상실한 데서 비롯되었다. 이들에 대한 사랑이 개체의 외로움으로 표현되었다. '고통의 굴레와 낮음의 가치'는 아픔에서 배어 나온 것이었다. 아픔은 가난한 이웃들과 일상을 고통으로 사는 낮은 자들의 몫이었다. 사회적 약자로서 묵묵히 일하는 개체가 가진 가치가 표현되었다. '구조적 모순과 운명적 패배'는 슬픔이 낳은 것이었다. 주제의 근원을 이루는 슬픔은 구조적 모순으로 인해 희생당하는 약자들의 운명으로 드러났다. 본인이 원한 적이 없지만, 정치권력이나 국제적 역학관계, 전쟁 등으로 인해 감내해야 되는 고통이 그것이었다.

6.2 이력과 작품 목록

연보[127]

1937년 8월 18일 일본 도쿄 시부야 하타가야 혼마치 3쪼오메 595방 헌옷 장수 집 뒷방에서 태어났다.

1938년 7월 5일 안동군 일직면 조탑리에서 둘째 형 목생이 세상을 떠났다.

1943년 거리 청소부였던 아버지가 쓰레기 더미에서 가져온 『이솝이야기』, 『그림동화집』 등을 혼자 읽고 세상을 배웠다.

나마 작은 희망을 가져보고 싶었을 뿐이다." 권정생, 「영원히 부끄러운 전쟁」, 앞의 책, 142－143.
127) 원종찬 엮음, 『권정생의 삶과 문학』, 창비, 2008, 374－401.을 참고했다.

1944년 도쿄 시부야 혼마치에서 초등학교에 입학해 8개월을 다녔다.
12월, 폭격으로 집이 모두 불탔다.

1945년 해방을 맞아 후지오카로 이사했다. 두 형이 조선인연맹에 가
입한 뒤 끝내 귀국하지 않았다.

1946년 3월에 귀국하여 식구들이 흩어져, 권정생과 어머니·큰누나·
동생은 청송 외가로 가 화목국민학교를 5개월 다녔다.

1947년 12월 식구들이 아버지의 고향인 안동 일직에서 모여 살게 되
었다.

1950년 6·25전쟁이 나 식구들은 뿔뿔이 헤어져 생사도 모르게 되었다.

1952년 동갑내기 양자에게 처음으로 사랑을 느꼈다.

1953년 3월 23일, 안동 일직초등학교를 1등으로 졸업했다. 겨울, 고학
으로 상급학교에 진학할 생각으로 집을 떠났다.

1956년 결핵을 앓기 시작했다. 늑막염에 폐결핵이 겹쳤다.

1957년 2월, 어머니에게 끌려 집으로 돌아왔다. 이후 동생은 돈 벌러
집을 나갔다.

1963년 병세가 호전되고, 교회 학교 교사로 임명되었다. 이듬해 어머
니가 세상을 떠난다.

1965년 4월 중순, 동생의 혼인을 위해 집을 떠나 거지 생활을 하며
대구, 김천, 상주, 점촌, 문경을 떠돌았다.

1966년 5월, 콩팥을 들어내는 수술을 했다.

1968년 2월, 일직교회 문간방에서 살게 되었다. 「깜둥바가지 아줌마」
가 『새벗』 8월호에 실렸다.

1969년 월간 『기독교교육』의 기독교아동문학상 현상 모집에 「강아지

똥」이 당선되었다.

1971년 대구 매일신문 신춘문예에 「아기양의 그림자 딸랑이」가 가작
　　　으로 입선되었다. 이오덕과 교우가 시작되었다.

1973년 조선일보 신춘문예에 「무명저고리와 엄마」가 당선되었다.

1974년 8월, 첫 단편동화집 『강아지똥』(세종출판사)을 펴냈다.

1978년 12월, 단편동화집 『사과나무밭 달님』(창비)을 펴냈다.

1984년 단편동화집 『하느님의 눈물』(인간사)과 장편소년소설 『몽실언
　　　니』(창비)를 펴냈다.

1988년 시집 『어머니 사시는 그 나라에는』(지식산업사)을 펴냈다.

1990년 장편소설 『몽실 언니』를 MBC에서 36부작 드라마로 제작하여
　　　9월 1일부터 1991년 1월 5일까지 방영되었다.

1997년 『사람의 문학』 가을호에 시 <인간성에 대한 반성문 1>, <인
　　　간성에 대한 반성문 2>, <정축년 어느 날 일기>를 발표하였다.

1998년 소설 『한티재 하늘 1, 2』(지식산업사)를 펴냈다.

2000년 『녹색평론』 11·12월호에 시 <애국자가 없는 세상>을 발표
　　　했다.

2002년 『민들레교회이야기』 제510호에 시 <임오년의 기도>를 발표
　　　했다.

2005년 5월 10일 유언장을 썼다. 『민들레교회이야기』 제592호에 '명
　　　시 3편' <한 인간과 하늘이 동시에 울부짖었다>, <기도>,
　　　<가을 하늘>을 발표했다.

2007년 5월 17일 오후 2시 17분 대구가톨릭대학병원에서 별세했다.

2009년 3월 19일 '권정생어린이문화재단' 현판식을 가졌다.

1988년 시집 『어머니 사시는 그 나라에는』, 지식산업사.

1997년 시 <인간성에 대한 반성문 1>, <인간성에 대한 반성문 2>, <정축년 어느 날 일기>, 『사람의 문학』 가을호.

2000년 시 <애국자가 없는 세상>, 『녹색평론』 11 · 12월호.

2001년 동시 <물총새>, 『어린이 문학』 1월호.

2002년 시 <임오년의 기도>, 『민들레교회이야기』 제510호.

2003년 동시 <알리>, <바그다드>, <하느님>, 『창비어린이』 가을호.

2005년 '명시 3편' <한 인간과 하늘이 동시에 울부짖었다>, <기도>, <가을 하늘>, 『민들레교회이야기』 제592호.

6.3 '권정생 살던 집'과 '권정생어린이문화재단'

권정생 살던 집

선생이 살던 집은 빌뱅이언덕 집 혹은 빨간 지붕 집으로 알려져 있다. 하천부지로 되어 있던 터도 지금은 안동시의 협조로 토지의 법적인 부분도 해결되고, 내부도 수리하였다. 선생은 무덤과 집을 남기지 말라고 했지만, 많은 지자체에서 수십억 원을 들여서 문인들의 문학관을 새로 짓기도 하는데, 선생이 살던 집은 독자나 다음 세대를 위해 남겨야 한다는 뜻이 강해 집은 보존하게 되었다. 동네 청년들의 도움을 받아 흙담을

---

128) 원종찬, 앞의 책을 참조했다.

쌓아 지은 집으로, 1986년에야 전기가 들어왔다. 지금도 남안동 나들목
에서 안동 시내로 들어가는 길에서 보면 눈에 들어온다.

일직교회에서 본 권정생 살던 집 전경

(왼쪽 위부터 시계 방향으로) 안내판, 수리 전 집의 화장실과 마당의 돌탑, 일직 교회

선생이 살던 집을 안내하는 안내판이 일직면 조탑리 입구에 세워졌다. 화장실 사진은 거동이 불편한 시인이 밤낮으로 수도 없이 드나들었을 길을 보여 준다. 이 사진은 그의 삶을 비추는 거울이다. 지금은 정비가 되어 방 안에 싱크대로 마련되고, 묵어가기에 큰 불편이 없게 되었지만, 선생이 하루를 살던 모습 그대로 살아 보는 것도 의미 있는 일이 될 수 있다. 일일 감옥 체험, 휠체어 체험 등을 실천하는 세상이므로, 더욱 그러하다. 시인이 쌓았던 돌탑은 환경을 정비하는 과정에서 훼손되었다. 시인이 저 돌 하나하나에 무엇을 담아서 저렇게 쌓아 올렸을까.

2009년 5월 16일 선생의 2주기 추념식이 있었다. 안동 시장을 비롯하여 많은 분들이 참석하였다. 멀리서 버스로 온 분들도 많았다. 아침부터 비가 내렸고, 식 하는 내내 우산을 쓰고 있어야 했다. 마이크 사정도 좋지 않았지만 모두들 좁은 마당으로 흡입되었다. 선생의 시에 곡을 붙인 노래도 공연되었고, 인형극도 있었다. 2주기 행사에 맞춰서 선생이 살던 집도 수리를 하였고, 우연인지 알 수 없지만, 하천도 제방 공사를 다시 하였다. 깔끔하게 단장된 모습으로 방문객을 맞았지만 빌뱅이언덕의 빨간 집이 갖고 있던 느낌이 줄어드는 것은 아닌지 반성하는 계기가 되었다. 아래는 행사 당일 김용락 시인이 읽었던 조시다.

〈너 왜 그렇게 사노?〉

권정생 어린이문화재단
현판식 한다는 연락받고
강의 급 휴강 하고
안동 시내 유품전시장까지 내리 달렸다

그 사이 못 참고
학생들 학교 뒷산 올라 담배 피우다

3월 이른 봄 산에 산불 번져
소방차 10대 헬기 5대가 뜨는 생난리가 났단다

이 소식 식장에서 폰으로 전해듣고
황망히 떠오른 권정생 선생님 생각

너 그렇게 살지 마라
너 왜 그렇게 사노?

권정생 선생 2주기 추념식에 참석한 사람들

권정생어린이문화재단

권정생 선생의 뜻을 기리는 권정생어린이문화재단이 2009년 3월 19

일 경북 안동시 명륜동 재단 사무실에서 현판식을 열었다. 재단은 '모두 어린이들에게 돌려주라'는 선생의 뜻에 따라 설립되었다. 선생이 유언장에서 말한, '심성이 착한 사람인 최완택 민들레교회 목사'와 '어려운 사람과 함께 살려고 애쓰는 보통 사람 박연철 변호사' 그리고, 이현주 목사와 강정규 아동문학가, 최윤환 씨 등으로 이사진이 구성되었다. 안상학 시인이 사무처장을 맡아 재단 살림을 꾸리고 있다.

권정생 선생은 극도의 궁핍한 생활을 하면서도 10억이 넘는 유산을 남겨 세상을 놀라게 했다. 유산과 앞으로 나올 인세는 재단의 기금으로, 남북한과 분쟁 지역 어린이들을 돕는 사업에 쓰이게 된다. 선생이 살던 옛집은 보수 공사를 마치고 작가들의 체험·창작 공간으로 활용되고 있다. 사무처장은 '어린이들이 삶을 주체적으로 살 수 있도록 정신적으로 북돋우는 사업'을 펼칠 계획을 밝혔다. 재단은 선생의 2009년 5월 17일 2주기 행사를 주관하면서 어린이들의 책읽기를 지원하는 도서 기증 운동, 문학 유적 탐방 등 다채로운 계획을 진행하고 있다.

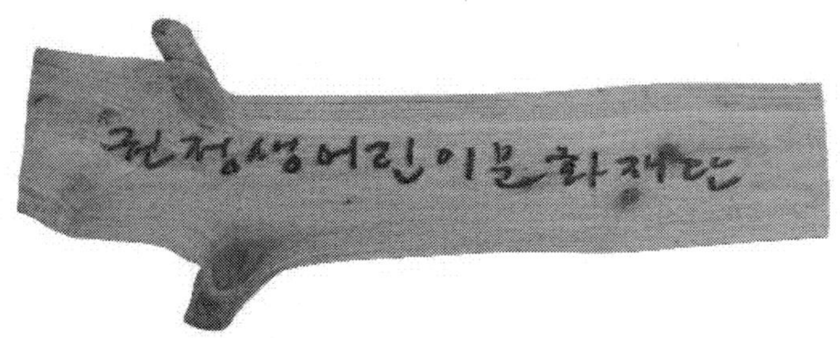

권정생어린이문화재단 현판129)

---

129) http://www.hani.co.kr/arti/society/life/344658.html

7. 구상: 영원의 길, 구원의 길 찾기

　구상 시인은 "상상도 상징도 아니요 실상으로 깨닫는 시를 쓴다."고 했다. "앉은 자리가 꽃자리"라는 구절이 주는 메시지는 오늘을 사는 우리에게도 예사롭지 않다. 또한 그는 '오늘이 영원'이라는 암묵적 메시지를 작품으로 남기고 있다. 혹자가 부르는 '구도의 시인'이라는 표현은 그의 삶과 시를 특징짓는 말이기도 하다. 순간을 영원으로 사는 지혜는 시인이 남긴 <강> 연작에서도 발견할 수 있다. 시인 자신도 "나의 시가 지향한 바를 한마디로 하자면 영원 속의 오늘을, 오늘 속의 영원을 조응하려는 갈망과 갈원"이라고 회고했다.

　외길을 산다는 것은 개인사로서도 쉬운 일이 아니지만, '물에 빠진 사람이 헤엄을 잘 치거나 못 치거나 목숨을 다하는 그 순간까지 허우적대며 헤여댈 수밖에 없듯이 그저 그 각오, 그 결심으로 쓴' 시들을 오늘 우리가 접한다. 한 편 한 편에 깨달음이 담겨 있고, 그것은 고도의 집중과 몰입의 결과였음은 물론이다. 관수제에서 시인이 바라보았을 강물과 시비가 서 있는 여의도에서 우리가 바라보는 강물은 각기 다른 것이되 같은 강물이고, 어제와 다른 물이되 쉼 없이 흐르는 물줄기다. 영원 속에서 현존하는 실재다.

7.1 대표 작품

〈오늘〉130)

오늘도 신비의 샘인 하루를 맞는다.

이 하루는 저 강물의 한 방울이
어느 산골짝 옹달샘에 이어져 있고
아득한 푸른 바다에 이어져 있듯
과거와 미래와 현재가 하나다.

이렇듯 나의 오늘은 영원속에 이어져
바로 시방 나는 그 영원을 살고 있다.

그래서 나는 죽고 나서부터가 아니라
오늘로서부터 영원을 살아야하고
영원에 합당한 삶을 살아야 한다.

마음이 가난한 삶을 살아야 한다.
마음을 비운 삶을 살아야 한다.

『文章』, 1939년 8월

이 시 <오늘>은 시인 스스로 자신의 사상을 가장 잘 담은 시131)라고
말한 작품이다. 이 시에서 '오늘, 여기'라는 일상의 가치를 발견한다. 이
는 현재에 대한 시인의 깨달음이기도 하다. 시에서 직설적으로 기술되고

---

130) 구상문학관 브로슈어, 칠곡군.
131) 구상문학관 브로슈어, 칠곡군.

있는 것처럼, '과거와 현재와 미래'가 하나다. 그것은 단절되지 않은 것이라는 의미이다. 그래서 시인에게 오늘의 하루는 영원과 이어져 영원 속에 있는 것이므로, 오늘이 곧 영원이 된다. 하루를 사는 것이 영원을 사는 것이 되는 이유가 이것이다. 그래서 오늘은 신비롭고, 오늘이 아름답고, 오늘이 우주적 가치를 지닌다.

영원에 다름 아닌 하루를 사는 자세를 시인이 직접 이야기한다. '열심히, 쉬지 않고, 뒤돌아보지 않고, 꿈을 갖고, 묵묵히, 끈기 있게'와 같은 세속적 기대를 충족시키지는 않는다. 시인이 우주적 안목으로 이야기하는 삶의 태도를 구성하는 목록에는, 오늘날 일상에서 만나는 것, 예컨대 욕망과 성취와 열정과 경쟁 등은 들지 못한다. 세상 사람들이 맹목적으로 질주하고 있는 태도는, 시인의 승화된 인생관 속에 정회원으로 들지 못한다. 우리의 기대와는 다르게, 시인은 분명하고 간결하게 기술하고 있다. 삶의 진리는 '가난하게, 비우고'이다.

시인은 떠났지만, 우리가 구상 시인을 기억하고 시인의 말씀을 다시 되뇌는 것은, 그가 일상인이 도달하지 못하는 경지를 경험한 것 때문만은 아니다. 일상인이 몸으로 살아내지 못하는 삶을 보여 주었기 때문이기도 하다. "선생의 문학은 그분의 개인적·역사적 삶은 물론이고, 사상과도 경이로울 정도로 '합일 현상'을 보여 주었"[132]다는 진술도 이와 같은 맥락이다. 깨달음은 삶에서 가장 중요한 덕목임에 틀림없다. 그러나 그것은 삶으로 이루어 내야만 가치를 발하는 것이다. 그런 점에서 구상 시인이 앞자리에 서 있다. 이런 태도는 아래의 작품들로 이어진다.

---

132) 김봉군, 「구상문학을 재점검한다 – 주제발표」, 한국문인협회, 『월간문학』, 2009년 9월호, 235.

〈앉은 자리가 꽃자리〉[133]

앉은 자리가 꽃자리니라

네가 시방
가시 방석처럼 여기는

너의 앉은 그 자리가
바로 꽃자리니라.

시인에게서 깊은 성찰의 흔적을 발견할 수 있는 작품이다. 일상의 가치에 대한 시인의 철학이자 깨달음이 나타나 있다. '앉은 자리'는 각자의 처지이자 일상이다. 그것은 작품에서 이야기하듯 '가시방석'으로 인식된다. 인생을 두고 고해(苦海)나 생로병사(生老病死)로 표현하는 것도 이와 같은 맥락이다. 작품에서 가시방석에 대비되는 것은 '꽃자리'이다. 여기서 꽃은 아름다운 것, 소중한 것, 가치 있는 것, 고귀한 것 등을 담은 코드로 쓰인다. 자기가 지금 처한 상황에 불만을 가지고, 그것을 불평하는 것이 일상인의 모습이다.

그러나 시인은 그 불편함과 불만이 갖는 가치를 설파하고 있다. 꽃자리라는 말이 갖는 또 하나의 의미는, 일상에서의 처지나 사회적 지위, 경제적인 조건 등과 상관없이 누구나 '귀한' 존재라는 것이다. 인간 존중에 대한 생각이 깔린 표현이다. 그리고 그것은 평등으로도 연결되는 개념이다. 햇살이 차별 없이 대지에 내리듯, 누구에게나 원하는 것을 가질 기회가 있음을 말하기도 한다. 이 시에서는, 만물 중 어느 것 하나

---

133) 구상문학관.

존귀하지 않은 것이 없으며, 모든 것은 평등하다는 신념이 드러나 있다. 직설적이고 간결한 문장에서 시인의 영혼이 꽃을 피우고 있다.

구상 시인이 월남하게 된 것은 국토분단과 좌우 대립 상황 때문이었다. 이근배 시인이 전하는 사정은 다음과 같다. "38선은 국토만 두 동강이를 자른 것이 아니었다. 문학동네에 오른 깃발이 틀리고 글쓰기에 대한 잣대가 사뭇 달랐다. 북녘땅에서도 문향(文鄕)으로 앞서가는 원산에서 문학가동맹이 발족한 것은 1946년 초봄이었다. 19년 함남 문천에서 태어난 운성(雲城) 구상은 41년 도쿄 니혼대학을 졸업하고 원산에 와서 북선매일 기자를 하면서 시를 발표하기 시작했고 해방이 되면서 원산여자사범의 교사로 있었다."[134]

"민족 진영에 섰던 운성에게 해방 기념시집에 실릴 원고를 청탁한 것은 원산문예총 위원장 박경수였다. 신문이나 방송 같은 데 어용으로 동원하지 않겠다는 제의에 운성은 <길>, <여명도> 등 다섯 편의 시를 주었고, 이 시는 시집 『응향(凝香)』의 앞머리에 실렸다. 이중섭 표지화로 호화장정의 이 시집이 출간된 지 한 달쯤 지난 46년 10월 『응향』은 북한의 중앙문단인 평양문단으로부터 철퇴를 맞는다."[135] 『응향』이 북한 현실에 대한 '회의적, 공상적, 퇴폐적, 도피적, 반동적' 경향을 지녔으며, 이는 '부르주아, 반역사, 반인민'이라는 공격을 받게 된다.

구상 시인은 47년 2월, 필화를 피해 월남을 시도하다 연천에서 체포되었지만 극적으로 탈출해 서울에 도착한다. 그해 11월 <발길에 채운

---

134) 이근배, 「구상과 응향사건」(문학동네에 살고 지고 35), 중앙일보 2003년 2월 24일자 32면.
135) 이근배, 같은 곳.

돌맹이와 어리석은 사나히와>를 『백민』에 발표함으로써 남한 문단에 등장하게 된다.[136] 6·25 발발과 함께 군과 함께 남하하여 『승리일보』의 주간이 되어 53년 휴전까지 이를 맡게 된다. 전쟁 중이던 1951년 5월 처녀시집 『구상』을 대구 청구출판사에서 펴낸 데 이어, 1956년에는 6·25전쟁의 비극을 소재로 다룬 『초토의 시』를 같은 출판사에서 펴낸다.[137] <초토의 시> 연작 중 하나를 살피기로 한다.

〈초토(焦土)의 시(詩)〉 11[138]
　－ 적군 묘지(敵軍 墓地) 앞에서

오호, 여기 줄지어 누웠는 넋들은
눈도 감지 못하였겠구나.

어제까지 너희의 목숨을 겨눠
방아쇠를 당기던 우리의 그 손으로
썩어 문드러진 살덩이와 뼈를 추려
그래도 양지바른 둔덕을 골라
고이 파묻어 떼마저 입혔거니
죽음은 이렇듯 미움보다도 사랑보다도
더욱 신비스러운 것이로다.

이곳서 나와 너희의 넋들이
돌아가야 할 고향땅은 30리면
가로막히고

---

136) 최도식, 「현실과 이상의 융합과 구도(求道)의 시학」, 김학동 외, 『한국 전후 문제시인 연구 5』－고원·천상병·구상·김요섭·이인석·하희주·이철균·김경린·서정태·이성교·박재릉 작가론, 예림기획, 2005, 189.

137) 최도식, 앞의 글, 190－191.

138) 구상, 『조화(造化) 속에서』, 미래사, 1991, 71－72.

무주공산(無主空山)의 적막만이
천만 근 나의 가슴을 억누르는데

살아서는 너희가 나와
미움으로 맺혔건만
이제는 오히려 너희의
풀지 못한 원한이
나의 바람 속에 깃들여 있도다.

손에 닿을 듯한 봄 하늘에
구름은 무심히도
북으로 흘러가고
어디서 울려오는 포성(砲聲) 몇 발
나는 그만 이 은원(恩怨)의 무덤 앞에
목놓아버린다.

전쟁은 생명을 직접적으로 파괴하고 인간성을 말살하는 것이면서 동시에 인간의 존재 가치를 새롭게 발견하고 생명의 존귀함을 깨닫게 하는 계기도 된다. 삶과 죽음의 격전장에서 작가가 눈뜬 깨달음의 경지가 예사롭지 않다. 아군과 적군의 대립이 전쟁의 조건이다. 적을 죽이지 않으면 내가 죽어야 되는, 선택 부재의 지점에서 개인은 어떤 형태로든 죽음을 받아들여야만 한다. 상대의 소멸은 내 목숨을 지키는 것이고, 나의 죽음은 내 존재의 소멸이다. 생물학적 개체의 입장에서 전투는 존재 소멸의 순서가 정해지는 장이기도 하다.

제목에 쓰인 '초토(焦土)'는 '불에 타서 검게 그을린 땅'이라는 뜻으로, "불에 탄 것처럼 황폐해지고 못쓰게 된 상태를 비유적으로 이르는 말"139)이다. 6·25 이후의 우리 국토를 묘사하는 표현이면서 동시에 상처 입은 영혼이 가득한 곳, 한 맺힌 원혼들이 떠도는 곳이고, 생이별과 굶주림의 현실, 이념 다툼과 강대국의 알력, 전망 부재의 막막함을 마주한 민초들의 현실을 적절하게 담고 있는 표현이다. 국토와 민심이 황폐화되고 삶의 터전과 희망도 붕괴된 현실을 감각적으로 그려 내는 제목이다. 그것에 덧붙여진 '적군 묘지 앞에서'가 효과를 배가시키고 있다.

시의 시작은 '눈도 감지 못한' 원혼들을 묘사한다. '방아쇠'를 당긴 손들이 '양지 바른' 곳에 묻고 '떼마저' 입혔다는 것은, 죽인 자와 죽은 자, 살아남은 자와 땅에 묻힌 자의 관계를 보여 준다. 적으로 싸웠지만, 승부가 난 뒤에는 너와 나가 따로 없는 관계로 회복된다. 이데올로기의 대리전에 희생되는 민초들의 모습을 그리는 장면에서 작가의 시선이 은연중에 드러나고 있다. 돌아갈 고향이 '막힌' 것에 대한 지적 역시 분단에 대한 비극적 현실 인식을 표현한 부분이다. '삼십 리'와 '천만근'의 대비가 형성하는, 부조리의 현실과 고통의 무게가 부각된다.

은원의 무덤에서 '은원'은 이 시를 지탱하는 핵심 코드이다. 이것에는 분단의 현실이라는 비극이 잉태되어 있다. 그것은 무덤 속 주인공이 죽어야 하는 사태를 낳았고, 묻어 준 이가 방아쇠를 당겨야만 하는 사건을 만들었다. 죽음 앞에서 미움이 소멸되고 화해와 용서의 판이 생성되었지만, 아직도 '포성'이 이어진다. 그러니 그런 현실은 해소되지 않았다. 이것 역시 '은원'의 고리로 연결되는 구조이다. '목 놓아 버린다'는 구절은 작가의 감정이 직접 드러난 곳이다. 현실에 대한 절망적 탄식이면서 동시에 이의 극복에 대한 강한 염원이다.

---

139) http://dic.naver.com/

〈진혼곡(鎭魂曲)〉[140]
　－ 4·19 마산(馬山) 희생자를 위하여

손에 잡힐 듯한 봄 하늘에
무심히 흘러가는 구름이듯이
피 묻은 사연일랑 아랑곳 말고
형제들 넋이여 평안히 가오.

광풍(狂風)이 휘몰아치는 쑥대밭 위에
가슴마다 일렁이는 역정(逆情)의 파도
형제들이 틔워놓은 외가닥 길에
오늘도 자유(自由)의 상렬(喪列)이 꼬리를 물었오.

형제들이 뿌리고 간 목숨의 꽃씨야
우리가 기어이 가꾸어 피우고야 말리니
운명(運命)보다도 짙은 그 바람마저 버리고
어서 영원한 안식(安息)의 나래를 펴오.

　　마산은 그가 부인과 함께 지내면서 요양하던 곳이다. 마산은 3·15 의거가 일어났던 민주화의 성지이다. 그런가 하면, 마산은 앞서서 문화의 꽃을 피워 가는 모범적인 도시이다. 4·19는 한국 근대사의 큰 마디이고, 민주주의 역사에 큰 강줄기를 형성한 사건이었다. 그 물줄기는 시민의 희생, 피의 값으로 형성된 것이었다. 시인은 이 작품에서 그것을 그려 내고 있다. '목숨의 꽃씨, 피우고 말리니', '평안히 가오', '안식의 나래를 펴오.'라는 위로는 '떠난 동지'들에 대한 진심 어린 인사이면서 동시에 '남은 자'들의 의지를 드러내는 것이다.

---

140) 구상, 『조화(造化) 속에서』, 미래사, 1991, 73.

'자유의 상렬'이 환기하는 것은 대단하다. '상렬(喪列)'이라는 직접적인 표현은, 죽음과 장례에 대해 각별한 의미를 갖는 한국 사회의 특징을 감안한다면, '촛불' 집회에서 일었던 일종의 열기를 떠올리게 한다. 그것이 '자유'와 연결되는 지점은 붉은 악마의 응원에서 형성되었던 에너지가 분출되는 출발선이다. 결여된 자유에 대한 갈망과 열정으로 이어지는 행렬은 시민의 위대한 힘이다. 그것은 민주주의의 원천이기도 하다. 그런 행렬이 산 사람의 줄이 아니라 죽은 사람(喪)의 줄이라면, 목숨을 걸고라도 지켜 내는 숭고함이 잉태되는 것이다.

외가닥 길에 이어지는 행렬, 이것은 '조직된 시민의 힘'이다. 선구자가 거룩한 것은, 싹을 '틔워'서 뿌리를 내리게 해 주면 그것을 가꾸는 동지들이 길을 이을 수 있기 때문이다. 선구자들이 외롭고 슬픈 이유는, 그들이 길을 열지만, 그 열매를 볼 수 없기 때문이다. 그러나 그 유전자를 이어받은 제2, 제3의 동지들이 그 길을 이어서 걸어가고 있으므로, '피 묻은 사연'은 말끔히 씻고 떠날 수 있다. 시인은 그것을 말하고 있다. 이데올로기 다툼으로 전장에서 죽음을 맞은 군인들이나 민주화 과정에서 희생된 열사들에게 '살아남은' 자들이 빚지고 있다.

〈강(江)〉 16[141]

강은
과거에 이어져 있으면서
과거에 사로잡히지 않는다.

---

141) 구상, 『조화(造化) 속에서』, 미래사, 1991, 48 - 49.

강은
오늘을 살면서
미래를 산다.

강은
헤아릴 수 없는 集合이면서
單一과 平等을 유지한다.

강은
스스로를 거울같이 비워서
모든 것의 제 모습을 비춘다.

강은
어느 때 어느 곳에서나
가장 낮은 자리를 택한다.

강은
그 어떤 폭력이나 굴욕에도
무저항(無抵抗)으로 임하지만
결코 자기를 잃지 않는다.

강은
뭇 생명에게 무조건 베풀고
아예 갚음을 바라지 않는다.

강은
스스로가 스스로를 다스려서
어떤 구속(拘束)에도 자유롭다.

강은
생성(生成)과 소멸을 거듭하면서

무상(無常) 속의 영원을 보여 준다.

강은
날마다 판토마임으로
나에게 여러 가지를 가르친다.

　강은 무어라고 말하지 않는다. 어제처럼 묵묵히 존재하고 있다. 그는 내일도 역시 그러할 것이다. 그러나 우리는 시인의 진술, '나에게 여러 가지를 가르치는' 존재로서의 강에 주목한다. 강은 '팬터마임'으로 쉼 없이 소중한 메시지를 던지고 있다. 강 연작을 통해서 시인은 강을 관찰하면서 실은 자신을 관찰하고 있었다. 강을 바라보는 시간, 강에게서 듣는 시간, 관수재(觀水齋)에 앉아 생각하는 시간은 실은 세상으로 향하는 시간이라기보다 시인 내면으로 파고드는 시간이었다. 이는 삶의 결을 느끼고, 그 결을 관조하는 것과 다르지 않다.

　영원을 사는 하루를 통해 말하고자 했던 이야기가 <강>에서도 풀려 나오고 있다. 강은 시공을 초월해 있다. 그것은 오늘의 모습을 하고 있지만, 과거와 미래를 잉태하고 있다. 시간의 합일은 공간의 영속성을 함께 확보한다. 공동의 선을 추구하면서도 개개의 가치와 지위를 존중하라고 강은 말한다. 아니, 강이 그것을 먼저 보여 주고 있다. 그것은 자유의 샘이면서 평등의 물결이기도 하다. 공존의 가치를 드러내기도 한다. 함께 사는 지혜는, <오늘>에서도 설파했듯이, 비우고 베푸는 것이다. 이것이 <강>에게서 눈과 귀가 전하는 메시지다.

　　아마 나는 한국에서 연작시를 의도적으로 시도한 효시의 사람일 것이고, 또 가장 많이 쓰기도 하였을 것이다. 1950년 초반 동란 속에서 쓴 〈초토(焦土)의 시(詩)〉를 비롯해 60년대에 쓴, 이 책에 수록한 〈밭 일기(日記)〉, 70년대에 시로 써 쓴 자서전(自敍傳)인 〈목과[木瓜] 옹두리에도 사연이〉와 물질주의 현실에 대한 우유시(寓喩詩) 〈까마귀〉, 그리고 또한 여기에 함께 묶는 〈그리스도 폴의 강(江)〉 등으로, 내가 이렇듯 연작시를 즐겨 쓰는 데는 내 나름대로의 이유가 없지 않다.

즉, 나같이 머리가 지둔(遲鈍)한데다가 끈기마저 없는 사람은 촉발생심(觸發生心)이나 응시소매(應時小賣) 격(格)으로 시를 써가지고선 도저히 사물의 실재를 파악하지 못할 뿐 아니라 존재의 무한한 다면성(多面性)이나 복합성을 조명해 내지 못하기 때문에, 한 제재를 가지고 응시를 거듭함으로써 관입실재(觀入實在)에 도달하려는 의도에서라고 하겠다. 또한 이러한 한 사물이나 존재에 대한 주의 집중에서 오는 투시력은 곧 모든 사물이나 존재에 대한 투시력을 획득할 수 있으리라는 생각으로서 이의 실천에서 어느 정도 자기 나름의 성과를 거두고 있기도 하다.142)

그가 연작시에 관해서 스스로 말하고 있는 부분에 귀 기울여 본다. 위에서 밝히고 있듯이, 시인이 연작시를 쓰는 이유는 "한 제재를 가지고 응시를 거듭함으로써 관입실재(觀入實在)에 도달하려는 의도"에서이다. 단편의 모습에서 발견하는 지혜에 만족하지 못하는 것이다. 그것을 용납하지 못한다는 것이 더 부합한 표현이다. 이는 지혜의 편린들을 모자이크해서 온전한 모습에 근접하려는 태도다. 몰입의 가치와 그것의 위력에 대한 논의가 소개되고 있는데, 구상 시인의 연작시 시도는 이와도 맥이 통하는 것이다. 이어서 그는 다음과 같이 말한다.

저러한 '그리스도 폴'의 전반 생애와 그 삶이 어쩌면 정신적으로 비슷한 나는, 강을 저와 같은 회심(回心)의 일터로 삼고 시를 써볼 작정이었다. 그래서 그 발심(發心)과 발원(發願)은 대단했지만 이제 그동안의 작업들을 뒤적일 때 너무도

___

142) 구상, 『구상연작시집』, 시문학사, 1985, 2.

보잘것없어 부끄럽기 그지없다. 그러나 나는 시 〈강〉을 쓰면서 때마다 예배나 보
듯 강에 나아갔고, 강에서 너무나도 많은 것을 보고 배우고 깨우친 것만은 사실
이다.[143)

시인이 <강> 연작을 집필하던 시기의 시작(詩作)은 기도와 다름없는
것이라는 고백이다. 쉼 없이 가르침의 말씀을 전해 주는 강은 시인에게
절대자의 존재와 견줄 수 있다. 깨달음의 계기, 수양의 기회 등을 강으
로부터 제공받았으므로, <강> 연작을 창작하던 시기의 경험은 신앙 속
에 있었다. 구상 시인이 문학과 인생과 신앙이 다르지 않은 삶을 살았다
는 지적이 잘못되지 않았음은 이 작품을 통해서도 확인할 수 있다. 시인
의 다른 작품을 보자. 신앙으로 이어지는 다리이다.

〈**한 알의 사과 속에는**〉[144)

한 알의 사과 속에는
구름이 논다.

한 알의 사과 속에는
대지(大地)가 숨쉰다.

한 알의 사과 속에는
강이 흐른다.

한 알의 사과 속에는
태양이 불탄다.

---

143) 구상, 『구상연작시집』, 시문학사, 1985, 4.
144) 구상, 『조화(造化) 속에서』, 미래사, 1991, 60.

한 알의 사과 속에는
달과 별이 속삭인다.

그리고 한 알의 사과 속에는
우리 땀과 사랑이 영생(永生)한다.

위의 시 구절 "우리 땀과 사랑이 영생(永生)한다."에서처럼, 구상 시의 화자가 직설적으로 말하는 것에 주목한다. 다른 작품에서도 빈번하게 나타나지만, 구상 시인은 독자와의 커뮤니케이션 전략으로 직설적 전달의 힘을 선택한다. 이는 서정시의 특징과는 구별되는 측면이 있지만, 어쩌면 '직설'이라는 파격을 통해서 서정시의 새로운 경지를 개척하고 있다. 메시지를 직설로 직접 전함으로써 강렬하고 간결한 효과를 생성하고 있다. 이 시의 메시지, '사과 한 알 속에도 자연과 우주가 담겨 있다'는 것은 우주적 공동체 혹은 합일의 경지이다.

자연으로서의 우주가 사과 한 알 속에 내재했다는 것은 사과 한 알이 소우주와 다르지 않다는 메시지이다. 인간으로서의 나와 과일의 한 종으로서의 사과 한 알이 우주적 공분모로 '연결'되어 있음이 강조되고 있다. 마지막 연에서 보이는, 인간에게 가장 소중한 가치인 노동과 사랑, 그것이 사과 한 알 속에서 함께한다는 진술에 이르면, 인위와 자연이 연결된다. 인간 사회와 개인으로서의 삶도 사과 한 알 속에 있다는 진술에서, 사과를 매개로 우주와 소통하는 인간을 발견한다. 이들이 영생이라는 코드와 결합하면서 결국 우주공동체적 실체에 이른다.

구유 위에 당신을 첫 조배하던
목동들의 순박한 기쁨과
그 외양간의 단란(團欒)마저 깨진
교회당(敎會堂),

당신 왕국의 건설을 두려워하는
헤로데와 그 군사들이
이 밤도 당신의 새순을 자르기에
눈 뒤집혀 지새우는 크리스마스

복음을 쇼우 윈도우의 구슬옷처럼
조명(照明)에 따라 변색(變色)시키는
당신의 제자들과
그 열광(熱狂)의 무리와
바리사이파들에게 오늘도 에워싸인
당신,

자캐오처럼 나무에 올라
한 마리 까마귀 영혼이 우짖는다.
「나와 우리의 이 주박(呪縛)에
눈을 돌려주소서」

　구상 시인은 형이상학적 관점의 시인이다. 시인의 작품이나 삶을 통해서 그것은 이견 없이 합의되는 내용이다. "그렇다! 세상에는/ 시 아닌 것이/ 정녕, 하나도 없다.// 사람을 비롯해서/ 모든 것과 모든 일 속의/ 참되고 착하고 아름다운 것은/ 모두 다가 시다.// 아니, 사람 누구에게나/

---

145) 구상, 『조화(造化) 속에서』, 미래사, 1991, 150.

또한 모든 것과 모든 일 속에는/ 진·선·미가 깃들여 있다.// 죄 많은 곳에도 하느님의 은총이/ 풍성하듯이 말이다./ 그것을 찾아내서/ 마치 어린애처럼/ 맛보고 누리는 것이/ 시인이다. ‒<시심>". 세상의 진선미는 모두 시, 즉 절대가치, 하느님의 말씀에 준하는 것이다.

이런 시인에게 한국적 현실은 합일되기 어려운 부분이 많았다. 그의 이력을 통해서 확인되듯이, 약한 자를 품에 안아 기도하면서도 권력의 부조리에 대해서는 저항의 메시지를 보내야 했다. 초토화된 국토와 이데올로기 대립, 굶주린 백성과 몸에 찾아든 병마 등은 시인의 삶 전반에 걸쳐 있다. 시공을 초월하는 우주 공동체적 스케일, 영원으로 대변되는 깨달음, 가난과 베풂이라는 실천 덕목, 굽힘이라는 어휘가 존재하지 않는 신념의 사전 등은 구상을 규정하는 진술의 편린들이다. 구상을 온전히 들여다보기 위해서는 이들의 연작이 필요하다.

7.2 이력과 작품 목록

연보146)

1919년 9월 16일 서울 종로구 이화동 642에서 출생. 본적은 경북 칠곡군 왜관읍 왜관리 789.

1923년 함경남도 문천군 덕원면 어운리로 이주.

1938년 원산 덕원 성베네딕도 수도원 부설 신학교 중등과 수료.

---

146) 구상문학관(http://kusang.chilgok.go.kr/02/01.php)의 것을 주로 참고했다.

1941년 일본대학 전문부 종교과 졸업.

1953년 왜관 정착.

1974년 서울 이사.

2004년 5월 11일 작고.

<언론계>

1942년~1945년 북선 매일신문사 기자.

1948년~1950년 연합신문사 문화부장.

1950년~1953년 국방부 기관지 승리일보사 주간.

1953년~1957년 영남일보사 주필 겸 편집국장.

1961년~1965년 경향신문사 논설위원 겸 동경지국장.

<교육계>

1952년~1956년 효성여자대학교 문리과대학 부교수.

1956년~1958년 서울대학교 문리과 대학 강사.

1960년~1961년 서강대학교 문리과 대학 전임강사.

1970년~1974년 하와이 대학교 극동어문학과 조교수.

1973년~1975년 가톨릭대학 신학부 대학원 강사.

1982년~1983년 하와이 대학교 부교수.

1985년~1986년 하와이 대학교 부설 동서 문화 연구소 예우작가.

1976년~1999년 중앙대학교 예술대학 문예창작과 대우교수.

<문화계>

1979년~2004년 대한민국 예술원 회원.

1986년 제2차 아세아시인회의 서울대회장.

1991년 세계시인대회 명예대회장.

1993년 제 5차 아세아 시인회의 서울대회장.

1991년~2004년 국제 펜클럽 한국본부 고문.

2001년~2004년 한국 문인협회 고문.

<상훈>

1955년 금성화랑 무공훈장.

1957년 서울시 문화상.

1970년 국민훈장 동백장.

1980년 대한민국 문학상 본상.

1993년 대한민국 예술원상.

2004년 금관문화훈장.

시집 목록147)

1951년 처녀시집 『구상』(청구출판사) 펴냄.

1956년 시집 『초토의 시』(청구출판사) 펴냄.

1967년 연작시 『밭일기』 100편 발표.

---

147) 구상문학관(http://kusang.chilgok.go.kr/ 작품세계 〉 작품연보)에서 제공하는 자료 중 수상록이
나 희곡 등을 제외하고, 원자료의 틀을 유지하였다. 이에 더해서 최도식, 「현실과 이상의 융합과
구도(求道)의 시학 – 구상론」(김학동 외, 『한국 전후 문제시인 연구 5』, 예림기획, 2005, 141 –
249)과 『조화 속에서』(미래사, 1991) 등을 부분적으로 참조하면서 보완하였다.

1975년 『구상 문학선』(성바오로출판사) 펴냄.

1980년 신상시선집 『말씀의 실상』(성바오로출판사) 펴냄.

1981년 시집 『까마귀』(홍성사) 펴냄.

1984년 자전시집 『모과 옹두리에도 사연이』(현대문학사) 펴냄.

1984년 시선집 『드레퓌스의 벤취에서』(고려원) 펴냄.

1985년 『구상 연작시집』(시문학사) 펴냄.

1986년 『구상 시전집』(서문당) 펴냄.

1986년 불역 시집 『타버린 땅』(Editions Thesaurus) 펴냄.

1987년 시집 『개똥밭』 펴냄.

1988년 시집 『다시 한번 기회를 주신다면』 펴냄.

1988년 이야기 시집 『저런 죽일 놈』(지성문화사) 펴냄.

1989년 영역 시집 『타버린 땅』(Cambridge printed) 펴냄.

1989년 시화집 『유치찬란』(삼성출판사) 펴냄.

1990년 한영대역 시집 『신령한 새싹』(Cambridge printed) 펴냄.

1990년 영역 시화집 『유치찬란』(삼성출판사) 펴냄.

1991년 영역 연작시집 『밭과 강』(Cambridge printed) 펴냄.

1991년 시선집 『조화 속에서』(미래사) 펴냄.

1994년 독역 시집 『드레퓌스의 벤취에서』(edition roter stein) 펴냄.

1996년 연작시선집 『오늘 속의 영원, 영원속의 오늘』 펴냄.

1997년 한불대역 시집 『오늘, 영원』(orphe'e) 펴냄.

1997년 스톡홀름에서 스웨덴어역 시집 『영원한 삶』 펴냄.

1997년 영국 옥스퍼드 대학 출판부에서 출간한 『신성한 영감 - 예
수의 삶을 그린 세계의 시』에 신앙시 4편이 수록됨.

1998년 도쿄에서 일역 『한국 3인 시집 - 구상, 김남조, 김광림』 펴냄.

1998년 시집 『인류의 맹점』(문학사상사) 펴냄.

2000년 한국문학 영역총서 『초토의 시』 펴냄.

2000년 이탈리아 시에나대학교 비교문학 연구소에서 『구상 시선』 펴냄.

2001년 신앙시집 『두 이레 강아지만큼이라도 마음의 눈을 뜨게 하소서』
　　　(바오로딸) 펴냄.

2002년 『구상: 한국대표시인 101인 선집』(문학사상사) 펴냄.

2002년 영역총서 시집 『초토의 시』(도서출판 답게) 펴냄.

2002년 『구상시선』(이태리 시에나대학교) 펴냄.

2002년 구상문학총서 제1권 자선시문집 『모과 옹두리에도 사연이』(홍
　　　성사) 펴냄.

2002년 구상문학관 개관 기념시집 『홀로와 더불어』(황금북) 펴냄.

2004년 구상문학총서 제2권 시 『오늘속의 영원 영원속의 오늘』 (홍
　　　성사) 펴냄.

2004년 구상문학총서 제2권 연작시 『개똥밭』(홍성사) 펴냄.

2009년 구상 선생 탄신 90주년 '구상문학상' 제정 기념 시집 『그리스
　　　도 폴의 강(江)』(홍성사) 펴냄.

7.3 문학관과 시비 풍경

구상문학관

구상문학관은 칠곡군 왜관읍 왜관리 785-84에 세워졌다. 부인인 서영옥 여사가 운영했던 병원 부지에 2002년 개관했다. 왜관은 구상 시인이 1953년부터 20여 년을 거주했던 곳이다. 시인 생전에 문학관이 문을 열었는데, 시집 『구상』 등의 작품집 51권과 시인의 유품 314점, 육필원고 3점 등과 도서 2만 7천여 권이 소장되어 있다. 문학관 뒤쪽에는 <강> 연작시 창작의 원천이 되었던 관수재가 복원되어 있다. 관수재의 단골은 친구였던 이중섭 화백이었다. 다음은 구상문학관 홈페이지에 있는 칠곡 군수의 인사말[148]이다.

구상 시인은 프랑스 문인협회가 선정한 세계 200대 문인 중에 한 분으로 우리나라 현대문학사에 큰 족적을 남기신 시인이자 언론계, 학계에도 왕성한 활동을 펼치신 분이십니다.

6·25전쟁 후인 1953년부터 왜관에 정착하시어 20여 년간 왕성한 문학활동을 하셨습니다.

칠곡군은 구상 시인의 문학적 활동을 높이 기리고 구도자적 정신세계를 이어가고자 군민의 정성을 모아 2002년 10월 4일 구상문학관을 개관하였습니다.

---

148) http://kusang.chilgok.go.kr/

구상문학관 전경

시비

　지난 2008년 10월 28일, 그리스도 폴의 강 모임 주관으로 구상문학관
에 시인의 시비가 세워졌다. 2004년 5월 11일 구상 시인이 작고한 이후,
시인을 추모하는 한국과 일본의 문인, 언론인, 공무원 등 40여 명이 '그
리스도 폴의 강 모임'(대표 윤장근)을 결성, 2008년 9월 '구상시비건립추
진위원회'를 구성해 시비 건립을 추진했다. 이 시비는 칠곡 군청에서 자
리를 제공하고, (주)현대화섬 손상모 대표이사가 재정을 지원했다. 독특
한 한글서체를 창조한 류영희 서예가가 글씨를 쓰고 석공예 명장 윤만
걸 씨가 제작을 했다.

구상문학관의 구상 시비 전경

시비 제막식 후 '그리스도 폴의 강 모임' 회원[149]

---

149) http://blog.naver.com/jangk52/10037562277

　　구상 시인의 여의도 시비는, 1994년 11월 4일 불경문화아카데미에서 제막한 것으로 원효대교 남단 여의도 한강둔치에 있다. 한강방향에 <강> 그리고 여의도 윤중로 방향으로 <강가에서>가 새겨져 있다. 시인은 "나는 강이란 시를 쓰면서 예배 보듯 경건히 강에 나갔고, 강에서 많은 것들을 배우고 깨우쳤다."고 고백하기도 했다. 여의도 한강 둔치 선착장 안쪽에 <강>이 새겨져 있다. 사진의 뒷면에 새겨진 <강가에서>의 원문은 아래와 같다.

구상 시인의 여의도 시비 전경150)

〈江가에서〉

내가 이 江에다
종이배처럼 띄워 보내는

---

150) http://blog.naver.com/zemi00/60064169791

이 그리움과 염원은
그 어디서고 만날 것이다
그 어느 때고 이뤄질 것이다

저 망망한 바다 한복판일는지
저 허허한 하늘 속일는지
다시 이 지구로 돌아와 설는지
그 신령한 조화 속이사 알 바 없으나

생명의 영원한 동산 속의
불변하는 한 모습이 되어

내가 이 江에다
종이배처럼 띄워 보내는
이 그리움과 염원은
그 어디서고 만날 것이다
그 어느 때고 이루어질 것이다.

모산의 한국육필문학공원에도 시인의 시비가 있다.[151]

---

151) http://www.dsb.kr/detail.php?number=1303&thread=23r04

8. 정완영: 고향의 마음과 전통의 문맥

　　백수 정완영 선생은 1962년 시조시단에 등단한 이래 시조의 현대화에
크게 이바지하였다. 그는 전통적 정서와 형식의 시조를 현대적 감각으로
변용함으로써 현대 시조의 영역을 새롭게 연 개척자다. <조국>이나
<을숙도>는 민족정신과 민중적인 정감으로 민족과 국토에 대한 애정을
노래했고, <부자상> 등을 통해 고향 의식과 휴머니즘을 그렸다. <연
(蓮)과 바람> 등은 불교적 내면세계를 그려 낸 작품이다. 민족과 민중,
생명과 인간, 뿌리와 인류 등의 세계를 그려 낸 그의 작품은 초등학교와
중고등학교 교과서에도 실렸다.

　　문학에 투신한 그의 삶은 2천여 편에 이르는 작품을 낳았고, 170여
명의 제자를 길러 냈다. 대구의 문무학, 박기섭 시인도 그들이다. 스포츠
가 감격이라면 시는 감동이라는 그는, 예술은 천년만년 이어지는 감동이
라고 주장한다. 시가 없으면 세상은 하루도 지탱하지 못한다는 소신은,
시가 세상을 부드럽게 하는 윤활유와 같은 존재라는 확신을 갖게 했다.
"건드리면 폭발할 것 같은 이 세상에 여유를 주는 것이 시의 영능"이라
는 조언이 그것이다. '고향'은 뿌리이자 보금자리이다. 백수의 작품에는
우리에게 이들을 느끼게 하고 이들을 찾게 하는 힘이 있다.

8.1 대표 작품

〈부자상(父子像)〉[152]

사흘 와 계시다가
말없이 돌아가시는

아버님 모시 두루막
빛 바랜 흰 자락이

웬 일로 제 가슴 속에
눈물로만 스밉니까.
어스름 짙어 오는
아버님 여일(餘日) 위에
꽃으로 비쳐 드릴
제 마음 없아오매
생각은 무지개 되어
고향(故鄕)길을 덮습니다.

손 내밀면 잡혀질 듯한
어린제 시절이온데
할아버님 닮아가는
아버님 모습 뒤에
저 또한 그 날 그 때의
아버님을 닮습니다.

---

152) 인용 작품은 '제3회 만해상 시문학상 부분 수상' 수상 당시 '자선 대표시'로 발표된 것의 표기를
따랐다. 행 구분이나 표기법 등에서 백수문학관 홈페이지에 실린 것이나 여타 작품집에 수록된 것
이 차이가 있는 경우에도 그렇다. 다만, 원문에 한자로 표기된 것은 괄호 속에 넣었다. 정완영, 「자
선 대표시」, 『시와 시학』 1999년 봄호, 통권 33호, 시와시학사, 182-195 중 183.

고등학교 교과서에 실려 국민의 애송시가 된 <조국>은 시인 정완영을 세상에 알린 작품이다. 1962년 조선일보 신춘문예 당선작인 <조국>은 1948년에 창작된 것으로 알려져 있다. 창작일로부터 10여 년 뒤에 세상에 나온 것이다. "남들이 좋다고 평가하는 작품과 자신이 애착을 갖는 작품은 다릅니다. <조국>은 출세작이긴 하지만 나는 <을숙도>와 <부자상>, <분이네 살구나무>를 더 좋아해요."라는 시인의 말에서 <부자상>에 대한 애착이 드러난다. 국민의 애송시 못지않게 아끼는 작품이라는 것을 확인할 수 있는 대목이다.

<부자상>은 그 제목에서 드러나듯 아버지에 대한 애틋한 정이 그려진 작품으로, 원천으로서의 뿌리 의식을 보여 주고 있다. 아버지와의 정은 그것이 오붓함으로 맺어지기도 하고 쉬움으로 드러나기도 하지만, 세월을 초월해 이어진다. 작품에서 그것은 할아버지 혹은 그 이전부터 이어 온 대물림으로 그려진다. 여기서의 아버지는 고향으로 대체가능하고, 고향은 곧 조국으로 의미망을 확장시킨다는 점에서 보면, 이 작품 역시 백수가 줄곧 견지해 온 신념과 닿아 있다. 그런 점에서 이 작품의 종착역은 <조국>의 세계이다.

백수 정완영 선생은 문단에 나온 이후 한국 현대 시조의 대표 작가로서 시조의 중흥기를 열었다. 민족 시가로서의 시조를 현대인이 함께할 수 있게 기여한 공이 크다. 그는 "우리 시조는 그 본태가 우리 역사의 근간이요, 본류요, 민족정서의 총화이기 때문에 그 속내를 다 헤아리기에는 비단 나 아니더라도 사람의 한 생으로는 다 헤아릴 수 없는 그런 미로, 아니 천지의 말씀을 다 내려 앉혀도 오히려 그 그릇이 차지 않는 명기(名器)임이 분명하다."153)고 시조를 예찬한다. 그는 이병기, 이은상,

김상옥, 이호우의 계보를 잇는다. 이호우 시인의 시 한 편을 본다.

〈금〉

차라리 절망을 배워
바위 앞에 섰습니다

무수한 주름살 위에
비가 오고 바람이 붑니다

바위도 세월이 아픈가
또 하나 금이 갑니다

시조는 우리 민족의 정신이 배인 숨결이요 삶과 동화된 율조다. 그런 점에서 일반인의 기억에는 시조가 고답적이고 권위적이거나 혹은 현실과 벽을 두고 있을 것이라는 오해가 남아 있기도 하다. 위의 <금>은 그런 일반적인 인식이 왜곡되어 있음을 보여 주는 전형적인 예다. 일상적 화법으로 풀어쓰는 것인데도 완성도 높은 작품일 뿐만 아니라, 바위마저도 아픈 세월에 주름지다 금이 간다는 구절에서 확인되듯, 사회비판적인 내용을 담은 시조다. 이는 시조가 형식이나 내용 면에서 변신을 위한 노력을 게을리 하지 않았음을 증거하는 것이기도 하다.

백수 시인은 고독과 추억이 창작의 원천이 됨을 강조한다. "선비는 고단하게 사는 것이 본업이다. 고단하게 사는 것은 고독을 기르는 것이다. 고독이 살고 간 자리는 고적이 된다. 육신이 잘 살고 간 자리는 흔적 남

---

153) 정완영, 제3회 만해상 시문학상 부분 수상소감: "문학은 어리고, 사람은 늙었는데……", 『시와 시학』, 앞의 책, 151.

지 않는다. 가난하게 살고 올곧게 살고 문화를 키운 사람이 고적이다. 고적은 예술 하는 사람이 남긴다. 추억이 없는 사람은 가난하다. 고독을 많이 가진 사람일수록 부자이다."154)는 것에서 그것이 확인된다. 부귀와 명예를 맹목적으로 좇는 오늘날의 풍토에 던지는 시인의 외로운 외침이다. 시가 세상의 윤활유라는 시인의 신념도 이와 같은 맥락이다.

그는 시조는 말로만 쓰는 것이 아니라 말과 말의 행간에 더 많은 침묵을 심어 두는 것이라고 말한다. "시를 쓰는 것은 한 사람 한 사람의 가슴에 등불을 달아준다는 심정으로 정성을 다했다."는 그를 두고, 시인과 지기(知己) 사이인 김종일 고려대 명예교수는 "정완영 시인의 문학적 공로는 시조 형식을 현대화한 공로가 있다. 현대화는 모더니스트의 흉내가 아니라, 전통적 가락을 현대 구어로 풀어내어, 그의 시조를 대하면, 시조를 읽는 느낌이 아니라 무릎을 맞대고 정다운 이야기를 나누는 것 같은 친근감과 자연스러움을 느끼게 된다."고 말한다.

대구문협 회장을 역임한 정재익 시조시인은 "백수 선생은 우리나라 현대 시조의 선구자적인 위치에 있는 분이다. 현대 시조단의 거목 중에서 가장 현대적인 감각과 현대 시조로서의 면모를 갖춘 작품을 쓰신 분이 백수 정완영 선생이다."고 전한다. 백수의 제자이기도 한 문무학 시조시인은 "정완영 선생의 작품 세계는 전통적 서정을 노래했다. 무엇보다 시조의 원형을 가장 잘 지키고 있다. 특히 정완영 선생의 수사는 하늘에서 내린 일이다. 수사는 한국적이고, 가슴을 저미게 하는 묘한 매력을 가지고 있다."고 했다.

---

154) 백수문학관(http://baegsu.gc.go.kr/)의 동영상 파일에서 녹취한 것이다. 이하에도 따로 출처를 표시하지 않은 것은 여기에서 인용한 것이다.

자신의 작품에 대해서 시인은, "우리나라 풍토에서 문학을 하는데, 육신적인 문제는 한 번도 행복했다고 생각해 본 적이 없고 행복할 수가 없어요. 시를 쓰는 순간만이 살고 싶고, 시를 쓰는 순간만이 즐거웠어요. 누구나 자기 작품에 대한 자신감을 갖고 있다."고 하면서, "60평생을 작품을 써 왔는데, 흡족하다."고 한다. 그러면서 후학들에 대한 배려를 잊지 않는다. 평생을 고독과 육신의 고달픔에 시달린 그지만, "후배들은 육신도 고달픔에서 면하고, 문인도 배고픔 없이 마음 놓고 문학에 종사할 수 있게 되었으면 좋겠다."고 말한다.

백수는 2천여 편의 작품을 창작했고, 지금도 현역 작가로서 활동하고 있다. 그는 평생 창작의 결과물들을 고향 직지사에 기증하였다. 그것은 무소유에 대한 실천이자 시만 보고 걸어온 길이 마침내 닿을 곳을 보여 주는 것이기도 하다. 고향 김천의 천(泉)을 파자하여 백수(白水)라는 호를 삼은 것으로도 시인에게서 고향의 의미를 읽을 수 있다. 직지사가 있는 황악은 중앙(中央)을 뜻한다. 황제의 산, 황악산은 백수 선생에게 영감의 근원이며 고향이다. 그가 작품을 통해서 보여 주고 있는, 근원에 대한 탐구와 조국애로 확장되는 고리가 고향이다.

〈물, 수, 제, 비〉[155]

우리 마을, 고향 마을, 시냇가 자갈밭엔
별보다 고운 자갈이 지천으로 깔렸는데
던지면 도마뱀처럼 물길 찰찰 건너갔었지.

---

155) 『창비어린이』, 2009년 봄호(제7권 제1호, 통권 24호), 창비어린이, 2009.3, 90.

백수의 고향의식은 작품 곳곳에서 발견하고 느낄 수 있다. 실상 고향, 국토, 조국, 전통과 같은 것은 정완영 시를 구성하는 핵심어들이다. 고향은 뿌리 의식과 공동체 의식의 모태가 된다. 이것은 일종의 회귀 본능으로, 유목민 사회가 보편화된 현대인에게 향수로 남아 있는 근원적 가치이다. 뿌리를 잃은 현대인에게 고향은 돌아갈 곳이 있는 사람, 반겨 주는 사람이 있는 곳을 가진 사람이 되게 한다. 내가 안길 곳이 있는 사람, 내가 묻힐 곳이 있는 사람의 지위는 뿌리의식의 산물이다. 이들에게는 공간의식과 시간의식이 함께 작용한다.

공간적인 개념에서 보면, 고향은 조상이 살았던 땅이자 부모와 함께 내가 살았던, 살고 있는 땅이다. 뿐만 아니라 조상이 묻혀 있고 부모나 내가 묻힐 땅이기도 하다. 백수의 관점으로 보면 고향은 산 사람들의 생활의 공간이지만, 죽은 사람들이 후손을 보호하는 울타리이기도 하다. 그런 점에서 고향은 시간의 축에 따라 생멸하는 사람들이 같은 공간에서 삶을 축적하는 곳이다. 삶의 현장에서 형성한 지혜의 결정체를 다음 세대가 이어받는 형태로 무한 반복한다. 산 사람은 삶의 행위로, 죽은 사람은 의례의 형태로 고향이라는 공간을 매개로 서로 접속한다.

시간적인 개념으로 보면, 조상과 자손은 각각의 시점에서 각자의 삶을 살지만, 하나의 중심축을 두고 도는 시간의 물레바퀴에서 그 시간들은 중첩하게 된다. 실타래에 실이 감기듯, 후손들의 삶은 조상들의 삶에 덧

입혀지면서 각각의 삶의 이력은 무한 축적된다. 각 개체들이 각각의 시기를 살지만, 그것이 하나의 끈으로 이어지는 이상, 그리고 하나의 축을 이루고 도는 이상 그들은 불이(不二)이다. 자손에 자손이 이어지는 생의 원리에서, 고향은 시공을 초월해서 공동체를 구성하는 토대를 제공하고, 실제로 그 공동체를 견고하게 구축한다.

최근작 <물, 수, 제, 비>는 제목에서부터 물수제비를 형상화하고 있다. '도마뱀처럼 찰찰 건너가는' 모습이 재치 있게 그려지고 있다. 자갈이 밤하늘을 수놓는 별보다 반짝일 수야 없겠지만, '별보다 고운 자갈'이 될 수 있는 것은 그것이 고향 풍경이기 때문이다. 생기를 잃고 의욕이 없던 어린 날, 돌멩이가 먹을 것이 되고, 허기를 채워 주는 수제비가 나를 '달래는' 풍경은 동화적 상상력이다. 물수제비를 고리로 건져 올린 '고향'은 지친 영혼을 달래고 생기를 회복해 주는 모습이다.

〈모과(木瓜)〉[156]

시골서 보내 온 모과
울퉁불퉁 늙은 모과

서리 묻은 달 같은 것이
광주리에 앉아 있다

타고난 모양새대로
서너 개나 앉아 있다

시골서 보내 온 모과

---

156) 정완영, 자선 대표시, 『시와 시학』 1999년 봄호, 통권 33호, 시와시학사, 190.

우리 형님 닮은 모과

주름진 고향산처럼
근심스레 앉아 있다

먼 마을 개 짖는 소리
그 소리로 앉아 있다

시골서 보내 온 모과
등불처럼 타는 모과

어느 날 비라도 젖어
혼자 돌아오는 밤은

수수한 바람 소리로
온 방안에 앉아 있다

<모과> 역시 고향 냄새가 물씬 풍기는 작품이다. 동원되는 어휘부터가 그렇다. '시골서 보내 온 모과'에 1, 2, 3째 수에서 각각 이어지는 표현이 '울퉁불퉁 늙은/우리 형님 닮은/등불처럼 타는'이다. '늙은'과 '형님 닮은'은 '어머니'께서 생존해 계시다면 어머니의 손길로 대체되는 표현이다. '등불처럼 타는'은 어느덧 고향의 사랑방으로 우리를 인도하고 있다. 등불이 어둠을 몰아내고 온 방을 밝히는 것처럼, 고향에서 온 모과가 '수수한 바람소리로 앉자' 고향의 향기로 온 방을 채운다. '등불처럼 타는' 것은 고향 생각에 불을 지핀 내 마음이기도 하다.

실타래를 감아서 도달하는 어린 시절 고향 풍경은, 그곳에서 시공의 거리가 멀어진 지금의 자리에서도 여전히 '도달'할 수 있는 심리적 거리

를 유지하고 있다. 그것은 지금 손 안에 넣고 있진 않지만, 언제나 잡을 수 있는 것, 언제나 열어 보면 보이고 손 넣어 보면 만져지는 기억으로 존재한다. <고향의 봄>이나 <계면조 고향>, <고향의 여름> 등 백수가 고향을 그린 작품에서 발견할 수 있는 '상실' 모티프는 역설적으로 '고향'을 통해서 치유 내지 회복을 시도한다. <물, 수, 제, 비>는 징검다리처럼, 고향으로 길을 열고, 기억을 회복하고 있다.

<고향에 와서>, <옛 고향에 와서> 등에서도 고향이 상실감을 회복하는 시적 공간을 창조하고 있다. "수구초심(首丘初心), 부박한 세월을 많이도 살았다. 나도 이제 낙향(落鄕)하고 싶다."[157]는 시인의 고백은 우리 한민족의 특징을 보여 주는 보편적 정서의 단면이기도 하다. 고향의 선산에 내가 묻힘으로써 비로소 나는 자손에서 조상이 된다. 전통적 관점에서 보면, 조상은 신의 영역에서 살아 있는 자손들의 안위를 지킨다. 백수에게 고향은 집이라는 울타리를 넘어서는 가호자[158]이다. 그런 점에서 백수 영혼과 육신의 안식처는 고향이다.

〈염소〉[159]

염소는 수염도 꼬리도 쬐끔 달고 왔습니다
울음도 염주알 굴리듯 새까맣게 굴립니다
똥조차 분꽃씨 흘리듯 동글동글 흘립니다.

---

157) 정완영, 「문학인과 회귀의식」, 『백수산고』, 토방, 1995, 285 - 286.

158) 백수 정완영 선생 고희기념사화집 간행위원회, 『백수 정완영 선생 고희기념사회집』, 가람출판사, 1989, 426.

159) 정완영, 『가랑비 가랑가랑 가랑파 가랑가랑』, 사계절, 2007.

　염소를 아는 사람은 그것을 떠올릴 때, 다른 동물과 구별되는 염소만의 독특한 점으로, 수염과 울음소리를 빼놓을 수 없다. 염소 똥도 '동글동글'보다 정확하게 표현하기 쉽지 않다. 더구나 그것을 분꽃씨 '흘리듯' 한다는 것에서 그 관찰력과 표현력에 감탄하지 않을 수 없다. 염소의 울음소리 그것을 '새까맣게' 굴리는 것으로 형상화하는 것은 여간한 솜씨가 아니다. 한 마리 염소가 손에 잡힐 듯, 귀에 들릴 듯, 눈에 보이는 듯이 그려지고 있다. 수염을 '쬐꼼'이라고 표현한 것은 압권이다. '조금', '짧게' 등으로 대치될 수 없는 경지다.

〈바다〉160)

'바다'는 우리 집 강아지 예쁜 이름이에요.
제주도에서 건너왔다고 이름은 바다지만
사실은 아주 조고만 섬이에요, 순둥이예요.

언니가 집에 있으면 배 들어온 부두지만
엄마가 집을 비우면 불 꺼진 항구예요.
바다는 눈을 감아요, 등대처럼 귀만 세워요.

〈가랑비〉161)

텃밭에 가랑비가 가랑가랑 내립니다
빗속에 가랑파가 가랑가랑 자랍니다
가랑파 가꾸는 울엄마 손 가랑가랑 젖습니다.

---

160) 정완영, 『가랑비 가랑가랑 가랑파 가랑가랑』, 사계절, 2007.
161) 정완영, 『가랑비 가랑가랑 가랑파 가랑가랑』, 사계절, 2007.

두 작품 다 동시적 상상력이 바탕이 된 시조다. 작품집의 표제작이기도 한 <가랑비>는 '가랑비－가랑파', '비－손'을 정교하게 대비시키고 있다. <바다>에서도 비유로 동원되는 대조적 배치가 작품을 맛깔스럽게 하고 있다. '바다－섬', '배 들어온 부두－불 꺼진 항구'의 대비가 실상을 가장 잘 드러내면서도 인상적인 표현으로 성공하고 있다. 강아지의 이름과 그것의 실체가 주는 거리를 '바다/섬'으로, 꼬리치며 생기 있을 때와 그러지 않을 때의 모습을 항구의 풍경으로 연결시켜 묘사한 것에서 작가적 상상력과 표현력의 내공을 확인할 수 있다.

〈애모(愛慕)〉162)

서리 까마귀 울고 간
북천(北天)은 아득하고
수척한 산과 들은
네 생각에 잠겼는데
내 마음 나무 가지에
것 사린 새 한 마리.

고독(孤獨)이 연륜(年輪)마냥
감겨오는 둘레 가에
국화(菊花) 향기 말라
시절은 또 저무는데
오늘은 어느 우물가
고달픔을 긷는가.

일찍이 너 더불어

---

162) 정완영, 자선 대표시, 『시와 시학』 1999년 봄호, 통권 33호, 시와시학사, 185.

푸르렀던 나의 산하(山河)
애석(哀惜)한 날과 달이
낙엽(落葉) 지는 영(嶺)마루에
불러도 대답 없어라
흘러만 간 강(江)물이여.

굳이 시조라고 일컫지 않으면 시조라는 사실을 눈치 채지 못할 정도로 자연스런 서정의 형태를 취한 작품이다. <애모>라는 제목에서 보듯, 주제도 인간의 가장 보편적 감정을 형상화한 것이다. '푸르렀던 산하- 수척한 산과 들/국화 향기 말라'에서 보듯, 너와 '더불어' 있던 시절에 푸르렀던 산하가 수척하고 말라 버린 현실이 노래되고 있다. '북천은 아득하고', '시절은 저물고', '불러도 대답 없는' 상황으로 표현된 것은 사랑하는 대상의 부재다. '흘러간' 그와 그와 함께했던 세월 앞에 남은 것은 '고독/애석/생각'이라고 작가는 직설적으로 표현하고 있다.

〈시암(詩庵)의 봄〉163)

내가 사는 초초(艸艸) 시암(詩庵)은 감나무가 일곱 그루
여릿 녀릿 피는 속잎이 청이164) 속눈물이라면
햇살은 공양미 삼백석 지천으로 쏟아진다.

옷고름 푸러 논 강물 열두 대문 열고 선 산
세월은 뺑덕어미라 날 속이고 달아나고
심봉사 지팡이 더듬듯 더듬더듬 봄이 또 온다.

---

163) 정완영, 자선 대표시, 『시와 시학』 1999년 봄호, 통권 33호, 시와시학사, 192.
164) 원문에 '청청'으로 되어 있지만, 오자이므로, '청이'로 바로잡는다.

‘초초(艸艸) 시암(詩庵)’은 부인의 병을 치료하기 위해 청주에 마련한 집을 일컫는다. 시인은 먼저 떠난 부인을 두고 말한다. “참 멍텅구리였어. 그러니 나하고 살았지. 요새 살았으면 나는 장가도 못 갔을 거야. 그런 사람 없지. 없어. 그 사람 없으면 못 살았어. 나는 평생을 공부만 하고 살았고 그 사람은 평생 나 때문에 일만 하고 살았어.” 따님 윤희 씨는 “평생을 그렇게 아버지를 좋아하셨어요. 돌아가시기 전 치매를 앓으셨을 때도 ‘아버지는 쌀에 눈 같은 사람’이라고 귀하게 모셨어요. 이 세상에 그런 분이 또 계실까 싶네요.”165)라고 회고한다.

<시암의 봄>에는 심청가 한 자락에 시인의 인생사가 얹혀서 흘러가고 있다. 거짓말처럼 세월은 흘러서 노년에 이르러 보니 뺑덕어미 도망친 이후처럼 낭패다. 선생에 의하면, 부인을 고생만 시키며 젊은 시절을 보냈다. 반려자의 건강이 어려운데, 그래서 세월을 붙들어 두고 싶지만, 뜻대로 되지 않는 것이 그것이다. 수상소감 말미에서도 적고 있다. “또한 말씀, 목에 걸리는 이야기는 이미 팔 년이라는 긴 세월 동안 의식을 잃고 병상에 누워 있는, 동고(同苦)해온 내 아내에게 이 소식을 전할 길 없는 것을 지아비의 이름으로 안타깝게 생각할 따름이다.”166)

대책 없이 봄이 ‘또’ 오고 있다. 거스를 수 없는 세월에 거스를 수 없는 자연이다. 햇살이 지천으로 쏟아지는 봄날에 ‘여리게/느리게’로 읽히는 속잎이 올라오는 것은 심청이 눈물이다. 여러 가지로 읽히겠지만, 쏟아지는 햇살은 자연의 섭리, 여름을 부르는 소리로도 읽힌다. 여름이 오

---

165) 들샘, 「시조시인 백수 정완영 선생을 만나다」, 『일하는 멋』, 2009년 4월호(Vol. 64), 97.

166) 정완영, 제3회 만해상 시문학상 부분 수상소감: “문학은 어리고, 사람은 늙었는데……”, 『시와 시학』, 앞의 책, 153.

려고 하는데, 속잎은 여리고 느리기만 하다. 속잎을 새로운 생명으로 보면, 부인의 '건강 회복'이란 의미와 겹쳐진다. 그래서 느리고 여린 것은 심청의 눈물이 된다. 이렇게 안타까운 모습이지만, 새로운 기운으로 돋아나는 것으로 보면 희망임에 분명하다.

8.2 이력과 작품 목록

연보[167]

1919년 11월 11일 경상북도 김천시 봉산면 예지리 65번지에서 출생.

1923년 조부로부터 한학과 주학을 배움.

1927년 봉계공립보통학교 입학, 4학년 여름에 홍수로 말미암아 논 다섯 마지기가 유실되어 일본으로 건너가 3년 동안 일본 각지를 유랑.

1932년 오사카 천황사(天皇寺) 야간부기학교 입학, 2년 수료 후 귀국하여 보통학교 졸업.

1946년 김천에서 『시문학(詩文學) 구락부』 발족.

1947년 동인지 『오동(梧桐)』 출간.

1948년 작품 <조국(祖國)> 창작.

1960년 『국제신보』 신춘문예에 작품 <해바라기> 당선. 서울신문 신춘문예에 동시 <골목길 담모퉁이> 입선.

1962년 『조선일보』 신춘문예에 작품 <조국> 당선. 현대문학에 <애

---

167) 백수문학관(http://baegsu.gc.go.kr/)의 것을 토대로 하고, 다른 문헌에서 일부 보완했다.

모(愛慕)>, <강(江)>, <어제 오늘>로 천료.

1965년 한국시조시인협회 부회장.

1966년 이호우와 더불어 영남시문학회(嶺南詩文學會) 창립.

1967년 『동아일보』 신춘문예에 동시 <해바라기처럼> 당선.

1969년 문화공보부 작가창작 지원기금, 시집 『채춘보』 출간.

1972년 시조집 『묵로도(墨鷺圖)』 출간.

1974년 제3시집 『실일(失日)의 명(銘)』 출간. 고등학교 3학년 교과서에
     <조국> 수록.

1976년 한국문인협회 이사, 시선집 『산이 나를 따라와서』 출간.

1979년 한국문인협회 시조분과 회장, 동시집 『꽃가지를 흔들듯이』 출간.

1982년 남산공원에 시비 세움.

1983년 초등학교 5학년 교과서에 <분이네 살구나무> 수록.

1984년 중학교 1학년 교과서에 <부자상(父子像)> 수록.

1992년 한국시조시인협회 회장.

1994년 직지사 경내 시비 건립.

2000년 고향 봉계마을에 시비 건립. 한국 시조시인협회 상임고문

2003년 문화관광부 '한국 근·현대예술사 증언 1차년도 30인 채록사
     업' 선정.

2004년 한국문인협회 고문.

2005년 경상북도로부터 '경상북도를 빛낸 100인' 선정.

2008년 12월 10일 백수문학관 개관.

작품집과 수상 내역168)

1969년 시조집 『채춘보(採春譜)』, 동화출판공사.

1072년 시조집 『묵로도(墨鷺圖)』, 월간문학사.

1974년 시조집 『실일(失日)의 명(銘)』, 월간문학사.

1976년 시조선집 『산이 나를 따라와서』, 대정(大正)출판사.

1979년 동시조집 『꽃가지를 흔들 듯이』, 가람출판사. 회갑기념 시집
       『백수시선(白水詩選)』, 가람출판사.

1984년 시조집 『연(蓮)과 바람』, 가람출판사.

1990년 시조집 『난(蘭)보다 푸른 돌』, 신원문화사.

1994년 시조집 『오동잎 그늘에 서서』, 토방.

1998년 동시조집 『엄마 목소리』, 토방.

2001년 시집 『세월이 무엇입니까』, 태학사. 시집 『이승의 등불』, 토방.

2006년 시조전집 『노래는 아직 남아』, 토방.

2007년 동시화집 『가랑비 가랑가랑 가랑파 가랑가랑』, 사계절.

1967년 제2회 김천시문화상 수상.

1974년 제11회 한국문학상 수상.

1979년 제1회 가람시조문학상 수상.

1984년 제3회 중앙일보 시조대상 수상.

1989년 제5회 육당문학상 수상.

1995년 은관문화훈장 수상.

---

168) 백수문학관(http://baegsu.gc.go.kr/)의 것을 토대로 하고, 다른 문헌에서 일부 보완했다.

1999년 제2회 만해시문학상 수상.

2004년 제1회 육사문학상 수상.

2007년 제5회 유심특별상 수상.

2008년 제13회 현대불교 문학상 수상.

8.3 문학관과 시비 풍경

백수문학관

백수문학관은 김천시 대항면 운수리 91번지 직지문화공원 안에 있다. 부지면적 3,587㎡, 연건축면적 603㎡, 지하 1층 지상 1층 규모로 2008년 12월 10일 개관하였다. 직지사 입구에 자리 잡은 문학관은 시조시인으로서는 국내 첫 사례다. 그리고 현재 생존 문인을 위한 문학관으로는 유일하다. 정완영(鄭椀永) 시인은 김천 출신으로 고향에 대한 남다른 애정을 보인 것으로 알려져 있다. 그의 호(號) 백수(白水)는 '김천(金泉)'의 '천'(泉)을 파자한 것이다. 김천시는 정완영 선생의 문학정신을 기리기 위하여 그의 호를 따서 문학관을 세웠다.

문학관은 전통 양식의 건물로 설계되었고, 시인이 소장하고 있는 물품과 문학세계를 감상할 수 있는 전시실, 창작활동을 펼칠 집필실, 자료실, 세미나실, 수장고, 편의시설 등으로 이루어져 있다. 자료실에는 3천여 점의 도서가 비치되어 있다. 문학관을 찾은 방문객들이 시인의 작품을 탁본할 수 있는 시설도 있다. 문학관 전시실에는 김광섭·박목월·박종화·유진오·유치환 등 시인과 교우하던 문인들이 시인에게 보낸 육필

편지가 진열되어 있다. 그와 함께 시인이 가깝게 지냈던 여러 인사들과
함께했던 사진 자료들도 여럿 눈에 띈다.

백수문학관 전경

　　문학관에서는 2009년 8월 제1회 백수문학제를 개최하여 문인들의 '문
학 강좌'와 '백수 전국 시조백일장' 등의 시민 참여 행사를 가졌다. 이
런 행사는 "밥맛이 아무리 좋아도 시 맛보다 못하다."고 말하는 시인의
의욕적인 활동과, 그와 뜻을 함께하는 여러 문인들의 노력이 이룬 결실
이다. 아카데미와 독자들의 체험활동 등의 행사는 백수 선생의 문학 정
신을 기리고 시조 인구의 저변을 확대하는 데 기여하고 있다. 김천시도
백수문학관이 한국 시조문학의 요람으로 자리 잡아 시민의 문화적 자긍
심을 높여 주는 산 교육장이 되길 기대하며 지원을 아끼지 않고 있다.

시비

남산공원 시비는 1982년 12월에 세워졌다. 건립추진위원회에서 새긴
비문에는 '김천 출신 시조시인 백수 정완영 선생의 시의 업적을 기려
여기 향토인들의 정성을 모아 돌 한 덩이 세우다.'라고 적혀 있다. 선생
의 시 <고향 생각>이 새겨진 비다. 백수 선생에게 '고향'은 특별한 의
미를 갖는 것이다. 그의 조국관이나 국토 사랑도 결국 고향에 닿게 되
고, 그것은 뿌리 의식이라는 토대를 형성한다. 선생이 고향 김천의 천
(泉) 자를 파자하여 자신의 호로 삼을 만큼, 선생에게 고향은 인식의 저
변을 형성한다.

남산공원의 백수 시비 전경

남산공원 백수 시비의 시 원문

　직지사 입구에 새긴 시비는 시비에 새긴 원문이 문학관에 족자로 보관되어 있다. 그리고 봉계초등학교의 시비는 고향 사람들이 세운 것으로, <고향 가는 길>을 새겨 넣었다. “고향 길 가는 날은 완행열차를 타고 가자”로 시작되는 3연으로 된 작품이다. 봉계초등학교 앞 시비는 2000년 10월, ‘우리고장 출신 백수 정완영 선생의 문학적 업적을 기려 고향사람들의 이름으로’ 세워진 시다. 시민 대종에 양각으로 새겨진 시도 백수 시인의 <고향은 우리의 젖줄>이다. 이들 그림을 차례로 제시한다.

직지사의 백수 시비 전경

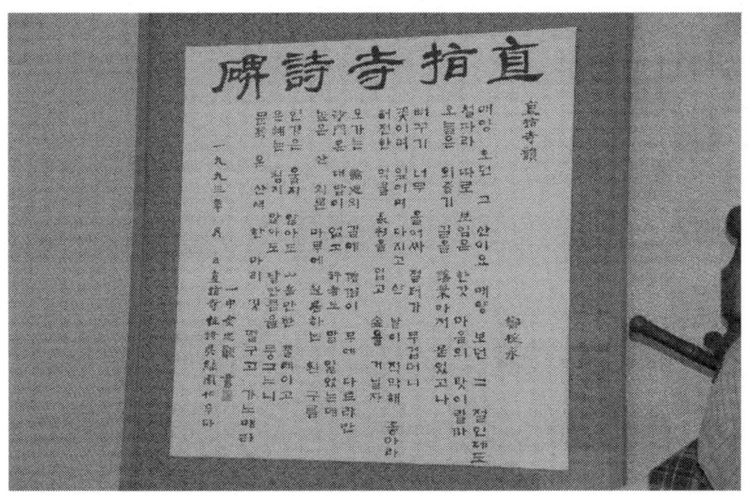

직지사 백수 시비의 시 원문

봉계초등학교의 백수 시비 전경

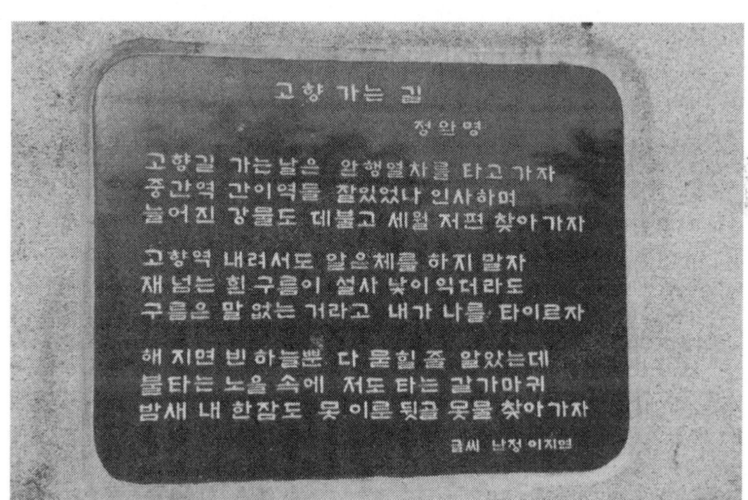

봉계초등학교 백수 시비의 시 원문

시민대종의 백수 시 전경

시민대종 백수 시비의 시 원문

주요 참고문헌

구상, 『구상시전집(具常詩全集)』, 서문당, 1986.

구상, 『구상연작시집』, 시문학사, 1985.

구상, 『그리스도 폴의 강』, 홍성사, 2009.

구상, 『딸 자명에게 보낸 글발』, 범양사, 1985.

구상, 『모과 옹두리에도 사연이』, 홍성사, 2002.

구상, 『오늘 속의 영원, 영원 속의 오늘』, 홍성사, 2004.

구상, 『조화(造化) 속에서』, 미래사, 1991.

권계순, 『향토문학관소장자료도록(圖錄) - 아름다운 향토 문학작품』, 대구광
　　　　역시립서부도서관, 2004.

권영민 편, 『김동리가 남긴 시(詩)』, 문학사상사, 1998.

권영민, 「시성(詩性) 깃든 김동리 문학의 근원」, 『김동리가 남긴 시』, 문학사
　　　　상사, 1998.

권정생, 『우리들의 하느님』, 녹색평론사, 1996.

권정생, 『어머니 사시는 그 나라에는』, 지식산업사, 1988.

김봉군, 「구상문학을 재점검한다」 - 주제발표, 한국문인협회, 『월간문학』,
　　　　2009년 9월호.

김용락, 「동화작가 권정생」, 『초등우리교육』 제99호, 1998.

김용직·손병희 편저, 『이육사전집(李陸史全集)』, 깊은샘, 2004.

김윤식, 『김동리와 그의 시대』, 민음사, 1995.

김학동 편저, 『이육사전집(李陸史全集)』, 새문사, 1986.

김학동, 『문학기행 시인의 고향』, 새문사, 2000.

김희곤, 『새로 쓰는 이육사 평전』, 지영사, 2000.

들샘, 「시조시인 백수 정완영 선생을 만나다」, 『일하는 멋』, 2009.

박목월, 「나와 청록집 시절」, 『한국대표시인 101인 선집-박목월』, 문학사상사, 2007.

박목월, 『한국대표시인 101인 선집-박목월』, 문학사상사, 2007.

백수 정완영 선생 고희기념사화집 간행위원회, 『백수 정완영 선생 고희기념사회집』, 가람출판사, 1989.

서영은, 「김동리 안의 경주 또는 무극(無極)」, 권영민 편, 『김동리가 남긴 詩』, 문학사상사, 1998.

서익환, 『조지훈 시와 자아·자연의 심연』, 국학자료원, 1998.

손병희, 「실존 혹은 절벽 위에 핀 꽃」, 구인환 외, 『김동리 문학 연구』, 도서출판 살림, 1995.

시인구상추모문집간행위원회, 『홀로와 더불어』, 나무와숲, 2005.

신경림, 『못난 놈들은 서로 얼굴만 봐도 흥겹다』, 문학의문학, 2009.

심원섭 편주, 『원본 이육사(李陸史) 전집』, 집문당, 1986.

오세영, 「'영원' 탐구의 시학, 박목월」, 『한국대표시인 101인 선집- 박목월』, 문학사상사, 2007.

원종찬 엮음, 『권정생의 삶과 문학』, 창비, 2008.

윤장근, 「역사 속으로」, 이상화기념사업회, 『문학앨범 이상화』, 북랜드, 2008.

이강엽, 『바보 이야기 그 웃음의 참뜻』, 평민사, 1998.

이근배, 「구상과 응향사건 – 문학동네에 살고 지고」 35, 중앙일보 2003년 2월 24일.

이근배, 「우주와의 화음이 서린 시정신」, 권영민 편, 『김동리가 남긴 시(詩)』, 문학사상사, 1998.

이상규 편, 『이상화시전집(李相和詩全集)』, 정림사, 2001.

이상규·김용락 편저, 『새롭게 교열한 이상화 정본시집-빼앗긴 들에도 봄은 오는가』, 홍익포럼, 2002.

이상화기념사업회 엮음, 『문학앨범 이상화』, 2008.

이숭원, 『교과서 시 정본 해설』, 휴먼엔북스, 2008.

이승훈, 『한국 현대시 새롭게 읽기』, 세계사, 1996.

이형기, 박목월 평전, 박목월, 『한국대표시인 101인 선집-박목월』, 문학사상사, 2007.

정완영, 『가랑비 가랑가랑 가랑파 가랑가랑』, 사계절, 2007.

정완영, 「문학인과 회귀의식」, 『백수산고』, 토방, 1995.

정완영, 자선 대표시, 『시와 시학』 통권 33호, 시와시학사, 1999.

정완영, 제3회 만해상 시문학상 부분 수상소감: "문학은 어리고, 사람은 늙었
    는데……", 『시와 시학』 통권 33호, 시와시학사, 1999.

정진규 편저, 『이상화』, 문학세계사, 1993.

정한모 · 김용직, 『한국현대시요람(韓國現代詩要覽)』, 박영사, 1975.

정효구, 『시 읽는 기쁨』, 작가정신, 2001.

조광렬, 『승무의 긴 여운, 지조의 큰 울림 아버지 조지훈 - 삶과 문학과 정
    신』, 나남출판, 2007.

조지훈, 『조지훈전집1-시』, 나남출판, 1996.

『창비어린이』, 통권 24호, 창비어린이, 2009.

최도식, 「현실과 이상의 융합과 구도(求道)의 시학 - 구상론」, 김학동 외, 『한
    국 전후 문제시인 연구 5』, 예림기획, 2005.

최명표, 『전북지역 시문학 연구』, 청동거울, 2007.

최승호 편, 『조지훈』, 새미, 2003.

허만하, 「앞산을 바라보고 서 있는 거인 - 이상화의 시에 대하여」, 이상화기
    념사업회 엮음, 『문학앨범 이상화』, 북랜드, 2008.

구상문학관, http://kusang.chilgok.go.kr/

권정생, http://www.kwonjungsaeng.com

동리 · 목월문학관, http://www.dmgyeongju.com/

백수문학관, http://baegsu.gc.go.kr/

이상화기념사업회, http://sanghwa.or.kr/

이육사문학관, http://www.264.or.kr/

지훈문학관, http://jihun.yyg.go.kr/

제 2 부

1. 도동 시비동산 - 측백수림 길

도동 시비동산은 대구시 동구 도동 296-1 향산마을에 자리 잡고 있다. 대구시 중구청과 동구청, 그리고 대구문인협회와 영남아동문학회의 후원을 받아 지난 2007년 11월 21일 시비 제막식을 하였다. 지역 시인인 권대자(65. 여) 영남아동문학회 부회장이 자비를 들여 건립했다. 시비동산은 천연기념물 제1호인 도동측백수림 건너편 1천 500여㎡ 부지에 높이 120㎝의 화강석 시비로 조성되었다. 한용운의 <알 수 없어요>, 조지훈의 <승무>, 서정주의 <국화 옆에서> 등과 지역 시인인 권기호의 <불이>, 문무학의 <비비추에 관한 영상> 등을 만날 수 있다.

시비동산 인근에는 도동 측백수림 이외에 최근 방문객들이 늘고 있는 최씨 문중의 옻골 마을이 있다. 그리고 팔공산 일대에는 삼국시대에 조성된 불로동 고분군, 고려 건국의 공신인 신숭겸 장군 유적지, 동화사와 갓바위 등 문화유적들이 산재해 있다. 대구공항과 팔공산 IC 인근이라 접근성도 좋아서 관광이나 답사 코스로도 불편이 없다. 권 부회장은 "좋은 시를 편안한 환경에서 음미할 수 있는 공간을 만들고 싶어 이런 공원을 건립하게 됐다."며 "이 공원이 시 읽는 문화를 퍼뜨리는 데 있어 한몫을 하면 좋겠다."[169]는 취지를 밝혔다.

---

169) http://www.yonhapnews.co.kr/bulletin/2007/11/21/0200000000AKR20071121055700053.HTML

1.1 작가와 작품 목록

1. 공자 <예란 무엇인가>

2. 정몽주 <단심가>

3. 신사임당 <어머님이 그리워>

4. 이순신 <한산도가>, <선거이 수사와 작별하며>

5. 한용운 <알 수 없어요>, <님의 침묵>

6. 조지훈 <승무>, <완화삼>

7. 박목월 <나그네>, <청노루>

8. 서정주 <국화 옆에서>

9. 김춘수 <꽃>

10. 박화목 <과수원길>

11. 황금찬 <회초리>

12. 문덕수 <손수건>

13. 임강빈 <허수아비>

14. 고은 <그 꽃>

15. 김규태 <고욤나무 그늘에서>

16. 김지한 <온누리>

17. 문병란 <희망가>

18. 김종상 <어머니>

19. 권기호 <불이(不二)>

20. 이일기 <그리움>

1.2 시비 사진

1.3 시비의 시 원문

01. 공자 〈예란 무엇인가〉

예절이 아닌 것은 보지 말며
예절이 아닌 소리는 듣지 말며
예절이 아닌 일은 말하지 말며
예절이 아닌 일에는 움직이지 말라

02. 정몽주 〈아직도 귀뚜라미는 울고 있을까〉

아직도 봄비는
충신이 흘린 피를
씻어 주고 있을까

아직도 매미는
충신이 흘린 피를 보고
맴맴 울고 있을까

아직도 귀뚜라미는
충신이 흘린 피를 보고
귀뚤귀뚤 울고 있을까

아직도 흰 눈은

충신의 그 곧은 넋이
고이 잠들도록 덮어 주고 있을까

03. 신사임당 〈어머님 그리워〉

산 첩첩 내 고향 천리언마는
자나 깨나 꿈 속에도 돌아 가고파
한송정 가에는 외로이 뜬 달
경포대 앞에는 한 줄기 바람
갈매기는 모래 위로 흩어졌다 모이고
고깃배들은 바다 위로 오고 가리니
언제나 강릉길 다시 밟아 가
색동옷 입고 앉아 바느질 할꼬

04. 이순신 〈선거이 수사와 작별하며〉170)

북쪽에 갔을 때도 같이 일했고
남쪽에 와서도 생사를 같이 했지
오늘 밤 달 아래 한 잔 술 나누지만
내일엔 우리 서로 헤어져야 하네
- 1595년 9월 14일

---

170) 두 작품 이상인 경우 하나만 싣는다. 아래의 한용운, 조지훈, 박목월의 경우도 같다.

05. 한용운 〈알 수 없어요〉

바람도 없는 공중에 수직의 파문을 내이며
고요히 떨어지는 오동잎은
누구의 발자취입니까?

지리한 장마 끝에 서풍에 몰려가는 무서운
검은 구름은 터진 틈으로 언뜻언뜻 보이는
푸른 하늘은 누구의 얼굴입니까?

꽃도 없는 깊은 나무에 푸른 이끼를 거쳐서
옛 탑 위의 고요한 하늘을 스치는 알 수 없는
향기는 누구의 입김입니까?

근원은 알지도 모살 곳에서 나서 돌부리를
울리고, 가늘게 흐르는 작은 시내는 굽이굽이
누구의 노래입니까?

연꽃 같은 발꿈치로 가이 없는 바다를 밟고,
옥같은 손으로 끝없는 하늘을 만지면서,
떨어지는 날을 곱게 단장하는 저녁 놀은
누구의 시입니까?

타고 남은 재가 다시 기름이 됩니다.
그칠 줄 모르고 타는 나의 가슴은
누구의 밤을 지키는 약한 등불입니까?

06. 조지훈 〈완화삼〉

차운 산 바위 우에 하늘은 멀어
산새가 구슬피 울음 운다

구름 흘러가는
물길은 칠백리

나그네 긴 소매 꽃잎에 젖어
술 익는 강마을의 저녁 노을이여
이 밤 자면 저 마을에
꽃은 지리라

다정하고 한 많음도 병인 양하여
달빛 아래 고요히 흔들리며 가노니
                    – 목월에게

07. 박목월 〈청노루〉

머언 산 청운사(靑雲寺)

낡은 기와집

산은 자하산(紫霞山)
봄눈 녹으면

느릅나무
속잎 피어가는 열 두 굽이를

청노루
맑은 눈에

도는
구름

08. 서정주 〈국화(菊花) 옆에서〉

한송이 국화꽃을 피우기 위해
봄부터 솥작새는
그렇게 울었나 보다

한송이의 국화꽃을 피우기 위해
천둥은 먹구름 속에서
또 그렇게 울었나보다

그립고 아쉬움에 가슴 조이던
머언 먼 젊음의 뒤안길에서
인제는 돌아와 거울 앞에 선
내 누님같이 생긴 꽃이여

노오란 네 꽃닢이 필라고
간밤에 무서리가 저리 내리고
내게는 잠도 오지 않았나보다

09. 김춘수 〈꽃〉

내가 그의 이름을 불러 주기 전에는
그는 다만
하나의 몸짓에 지나지 않았다

내가 그의 이름을 불러 주었을 때
그는 나에게로 와서
꽃이 되었다

내가 그의 이름을 불러 준 것처럼
나의 이 빛깔과 향기에 알맞은
누가 나의 이름을 불러 다오
그에게로 가서 나도

그의 꽃이 되고 싶다

우리들은 모두
무엇이 되고 싶다
너는 나에게 나는 너에게
잊혀지지 않는 하나의 의미(意味)가 되고 싶다

10. 박화목 〈과수원 길〉

동구 밖 과수원 길
아카시아 꽃이 활짝 폈네
하얀꽃 이파리
눈송이 처럼 날리네
향긋한 꽃 냄새가
실바람 타고 솔솔
둘이서 말이 없네
얼굴 마주 보며 쌩긋
아카시아 꽃 하얗게 핀
먼 옛날의 과수원 길

11. 황금찬 〈회초리〉

회초리를 드시고
"종아리를 걷어라"

맞는 아이 보다
먼저 우시턴
어머니

12. 문덕수 〈손수건〉

누가 떨어뜨렸을까
구겨진 손수건이
밤의 길바닥에 붙어 있다
지금은 지옥까지 잠든 시간
손수건이 눈을 뜬다
금시 한 마리 새로 날아갈 듯이
금시 한 마리 벌레로 기어갈 듯이
발딱발딱 살아나는 슬픔

13. 임강빈 〈허수아비〉

가파른 천둥지기에도
누렇게 벼는 익어가리
산골 햇볕은
얼마나 찬찬한가
작은창자 채우려
몰려 온 참새 떼
오히려 무료를 달래주고 있지 않느냐

하늘만 쳐다보다가
지금은 벼가 익고 있다
남루함이여
시름은 털어버려라
황금빛 저 익어가는 것
그것 바라보는 것만으로도
넉넉한 일 아닌가

14. 고은 〈그 꽃〉

내려 갈 때 보았네
올라 갈 때 못 본
그 꽃

15. 김규태 〈고욤나무 그늘에서〉

고욤나무 열매가
암자색으로 익어 가면
이미 가을이 와 있었다
고욤나무 꽃망울이
작은 뾰루지처럼 잔가지 끝에 매달리면
늦봄이었다
한여름 날 키 큰 고욤나무 그늘에 서면
살을 뚫는 멘톨 같은 바람내 속에

어머니 얼굴이 떠 오른다
고욤나무 밑을 떠나
나는 바람처럼 쏘다녔다
고욤나무도 바람을 따라 갔다
나는 고욤나무 그늘을 스쳐가는
바람 속의 작은 잎새였다

16. 김지한 〈온누리〉

세상은 생사(生死)가 있어도
누리는 생사가 없고 영원(永遠)하도다
삼라만상 만들어 돌리는 누리의 온갖 것
참 이치 하나에서 일어남이여
가달을 돌이켜 참에 이르리
항상 밝고 항상 즐거우니
온갖 것 모두 다 밝고 밝도다

17. 문병란 〈희망가〉

얼음장 밑에서도
고기는 헤엄을 치고
눈보라 속에서도
매화는 꽃망울을 튼다

절망 속에서도

삶의 끈기는 희망을 찾고

사막의 고통 속에서도

인간은 오아시스의 그늘을 찾는다

눈 덮인 겨울의 밭고랑에서도

보리는 뿌리를 뻗고

마늘은 빙점에서도

그 매운 맛 향기를 지닌다

절망은 희망의 어머니

고통은 행복의 스승

시련 없이 성취는 오지 않고

단련 없이 명검은 날이 서지 않는다

꿈꾸는 자여 어둠 속에서

멀리 반짝이는 별빛을 따라

긴 고행길 멈추지 말라

인생 항로

파도는 높고

폭풍우 몰아쳐 배는 흔들려도

한 고비 지나면

구름 뒤 태양은 다시 뜨고

고요한 뱃길 순항의 내일이 꼭 찾아온다

18. 김종상 〈어머니〉

들로 가신 엄마 생각
책을 펼치면
책장은 그대로
푸른 보리밭

이 많은 이랑의
어디 만큼에
호미 들고 계실까
우리 엄마는

글자의 이랑을
눈길로 타면서
엄마가 김을 매듯
책을 읽으면

싱싱한 보리 숲
글줄 사이로
땀 젖은 흙냄새
엄마 목소리

19. 권기호 〈불이(不二)〉

절집 안에서는 같다는 말 보다
서로 다르지 않다는 말을 즐겨 쓴다
삶과 죽음이 같은 것은 아니지만 그렇다고 달리
둘이 아님(不二)을 겐지스강에서 볼 수 있다
한쪽에선 축복의 삶 담기는가 하면
바로 옆에 가루된 주검이 잠긴다
강 저쪽 언덕에는 적도의 커다란
태양이 언제나 떠오르고 있다
그것은 경건한 불이(不二)였다

붓다가야에서 일행과 탁을 했다
맨발로 불심(不心) 구하려 거리를 돈 것이다
안면 있는 인도사람 미소로워 하면서
동전 몇 푼 던져 주었다
한 상점에 이르니 난데없는
욕설과 물세례가 날라왔다
재수없는 이교도라는 것이다
그런데 득의연하게
자기 신의 이름으로 서슬 푸른 사람
놀랍게도 바로 나였다
무한 우주 저쪽에도 지구라는 것이 있어

거기에 있던 내가
한순간 여기 주인으로 삿대질 하는 것이다
그것은 전생의 인연이나 현세의 인과도 아니었다
스리고 슬픈 불이(不二)였다

20. 이일기 〈그리움〉

늘 안으로만 쌓여 온
가장 소중하던 모습이
빛살보다 빠르게 와서
오늘 눈이 부시네

사무치는 눈시울에
출렁거리는
한 마디 말끝을 감추어 두고
무심한 척 오가던 사랑이었네

궂은 날 시름 결에
더욱 화안히 되살아나
소나기 보다 앞서 오던
오랜 날 먼 자취

지금은 떠나가는

흰 돛단배의
그물 그늘 속 못 닿는
그림자인가

21. 이근배 〈연가(戀歌)〉

바다를 아는 이에게
바다를 주고

산을 아는 이에게
산을 모두 주는

사랑의 끝 끝에 서서
나를 마저 주고 싶다

나무면 나무 돌이면 돌
풀이면 풀

내 마음 가 닿으면
괜한 슬픔을 얻어

어느새 나를 비우고
그것들과 살고 있다

22. 도광의 〈이런 낭패〉

오랜만에 고향에 갔다
간밤에 마신 술 탓에
새순 나오는 싸리울타리에
그만 누런 가래 뱉어 놓고 말았다
늦은 귀향길 안쓰런 마음 더해 가는
고향 앞에서 나는 또 한번 실수에
무안(無顔)해 하는데
때마침 철 늦은 눈이
내 허물을 조용히 덮어주고 있었다

23. 김하나 〈체조를 하다가〉

허리를 굽히면
햇살도 힘줄이
쬐금 당겨 오고

몸통을 젖히면
바람도 등이
약간 고부라지고

고개를 돌리면
하늘도 비잉

한 바퀴 돌고

24. 문인수 〈달북〉

저 만월 만개한 침묵이다
소리가 나지 않는 먼 어머니
아무런 내용도 적혀있지 않지만
고금의 명심보감 아닐까
덩어리째 유정한 말씀이다
만면 환하게 젖어 통하는 달
북이어서 그 변두리가 한없이 번지는데
괴로워하라 비수 댄 듯
암흑의 밑이 투둑 타개져
천천히 붉게 머리 내밀 때까지
억눌러라 오래 걸려 낳아놓은
대답이 두둥실 만월이다

25. 이재윤 〈대조(Contrast)〉

나는 파도 출렁이는 바다로
당신에게 부르짖습니다
당신은 조용한 호수의 잔물결로
나에게 속삭입니다

나는 세찬 폭풍우로
당신을 거세게 흔듭니다
당신은 오뉴월의 장미꽃을 어루만지는
가늘한 미풍으로 답합니다

나는 땅이 꺼지는
깊은 한숨으로 호소합니다
당신은 들은 척 못들은 척
단지 엷은 미소만 짓습니다

나는 삼복 폭염으로 당신에게 말합니다
당신은 시원한 단비로써 답합니다
나의 팔월의 폭염은 당신에게 닿자마자
시월의 건들바람이 되어갑니다

26. 문무학 〈비비추에 관한 연상〉

만약에 네가 풀이 아니고 새라면
네 가는 울음소리는
분명 비비추 비비추
그렇게 울고 말거다
비비추 비비추
그러나 너는 울 수 없어서

울 수가 없어서
꽃대궁 길게 뽑아
연보랏빛 종을 달고
비비추 그 소리로 한번
떨고 싶은 게다 비비추
그래 네가 비비추 비비추
그렇데 떨면서
눈물나게 연한 보랏빛
그 종을 흔들면
잊었던 얼굴 하나가
눈 비비며 다가선다

27. 해월 〈홍운 탁월법(烘雲托月法)〉

동그라미 속에서
꿈꾸지 않고서는
견딜 수 없는 목마름으로
나는 길을 간다
홍운탁월법(烘雲托月法)[171] 속으로
달빛 내리는 산하에 바람처럼
햇살이 지나는 일상으로 가야겠다
저 천년쯤은 세상 꿈꾸며

---

171) 수묵에서 달을 그리기 위하여 달은 그리지 않고 달 주변만 그리면 달은 스스로 드러나는 기법.

28. 김황희 〈푸른정신〉

우리가 지구를 떠나서는 살지 못하고
우리가 자연을 떠나서는 살 수 없어라
지구는 우리 모두의 어머니
자연은 우리 모두의 생명체

산업문명의 이름으로 자연을 잃으면
우리들 함께 공해로 죽어 가는 것이라
우주는 우리 모두의 심장
자연은 우리 모두의 젖줄

우리 다함께 나라사랑 겨레사랑
우리 다함께 자연사랑 환경보호
푸른 지구를 지키는 세계의 파수꾼이여
푸른 지구를 지키는 나라의 일꾼들이여

2. 현대시 육필공원 - 시인의 길

　한국 현대시 육필공원은 대구시 동구 도학동에 있다. 백안삼거리에서 동화사로 가는 길에 신라시대의 고찰이었던 북지장사 입구에 자리 잡았다. 2006년 11월에 문을 연 육필공원에는 우리나라의 대표적인 현대시 작품을 돌에 새겨 한자리에 모아 놓았다. 시인들의 육필 작품을 한자리에 집중적으로 모아 놓은 곳으로는 이곳이 유일하다고 한다. 공원 입구에는 '시인의 길'이라는 표지석이 서 있다. 시인의 육필을 통해서 시인의 정취를 느낄 수 있기도 하다. 길 입구 표지석에서부터 방짜유기박물관 입구까지 비석이 이어지고 있다.

　공원을 조성한 이는 채희복 씨다. 그는 지난 20여 년 동안 자연석을 수집하여 2천여 점을 전시하고 있는 '돌, 그리고'의 운영자이다. 자연석으로 조성된 공원 주변은 시민들의 휴식 공간으로도 이용되고 있다. 공원은 시를 사랑하는 일반인들과 학생들이 즐겨 찾는 문학기행이나 체험학습 코스로 자리 잡아 가고 있다. 백석의 <모닥불>, 윤동주의 <봄>, 김춘수의 <하늘수박>, 미당의 <동천>, 천상병의 <귀천>, 김지하의 <황톳길>, 고은의 <시인> 등을 만날 수 있다. 그리고 이동순, 이태수, 안도현 등 지역 출신 시인들의 시와 고월의 친필도 전시되어 있다.

2.1 작가와 작품 목록

1. 박재삼 <해와 달>

2. 김규동 <아침의 편지>

3. 김용택 <부전나비>

4. 정호승 <물새>

5. 신경림 <갈대>

6. 김지하 <황톳길>

7. 서정주 <동천>

8. 이상화 <설어운해조>

9. 김수영 <여름밤>

10. 서정춘 <죽편 – 여행>

11. 한용운 친필 '마저절위(磨杵絶葦)'172)

12. 박노해 <사람만이 희망이다>

13. 천상병 <귀천>

14. 정일근 <전봇대>

15. 이시영 <시월>

16. 이장희 친필 '박연(博淵)'

17. 이설주 <금호강>

18. 이태수 <이슬방울>

19. 김춘수 <하늘수박>

20. 유안진 <휘파람새>

---

172) 육필공원에 시비로 세워져 있지만, 내용이 시가 것(11, 16)은 사진으로 싣지 않는다.

2.2 육필 시비 사진

이슬방울
이태수

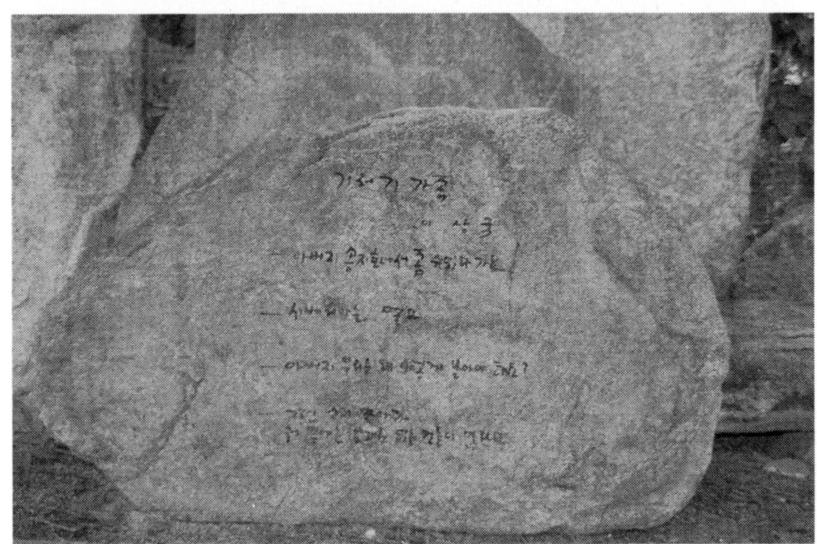

3. 두류공원 인물동산 - 산책길

두류공원은 대구 시민들이 즐겨 찾는 도심 속의 대표적인 공원이다. 대규모 놀이 시설과 체육 시설, 공연 시설 등이 갖춰져 있고, 접근성이 뛰어나고 시민들의 쉼터로 거듭나고 있다. 대구의 랜드 마크인 우방 타워가 있고, 문화예술회관도 두류공원에 있다. 야외 음악당 등 공연 시설도 갖춰진 대규모의 공원으로, 넓은 산책로와 한국식으로 잘 정돈된 정원의 조경도 우수하다. 두류공원에 있는 인물동산은 산책길에 만날 수 있는 문화시설의 하나다. 문화적 소양을 쌓을 수 있는 코스라서 주말이면 소규모로 무리 지어 찾는 학생들도 종종 발견할 수 있다.

두류공원의 인물동산은 지역을 빛낸 인물들을 기리기 위해 조성되었다. 시인 이상화, 소설가 현진건, 애국지사 박희광, 대구사범 학생운동 기념탑, 애국지사 조기홍, 화가 이인성, 한시인 최양해, 시인 백기만, 시인 이장희 등이 현재까지의 주인공들이다. 두류공원 인물동산에서 만날 수 있는 시인들은 다음과 같다.

1. 상화 이상화
2. 만포 최양해
3. 목우 백기만
4. 고월 이장희

두류공원 인물동산의 표지석

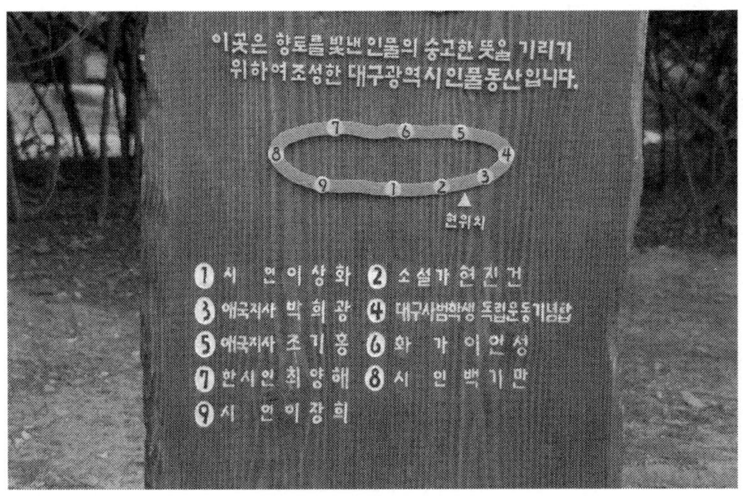

두류공원 인물동산의 안내도

3.1 상화 이상화

두류공원 인물동산의 이상화 시비

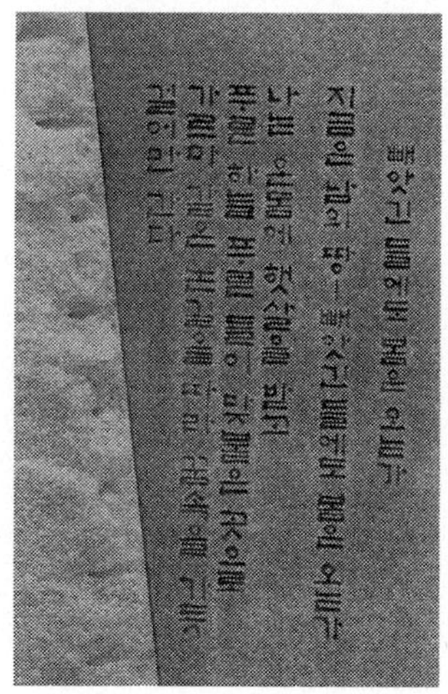

두류공원 인물동산의 이상화 시비 원문

아래는 이상화 시비의 비문이다.

尙火(상화) 李相和(이상화) 詩人(시인)은 1901년 음력 4월 5일 父親(부친) 慶州(경주) 李氏(이씨) 又南(우남) 李時雨(이시우)와 母親(모친) 金海(김해) 金氏(김씨) 金愼子(김신자)의 四兄弟(사형제) 중 둘째로 태어났다. 父親(부친)은 尙和(상화) 詩人(시인) 일곱 살 때 별세 慈堂(자당)의 사랑으로 유족하게 자라났다.

尙火(상화)의 철저한 抗日·排日(항일·배일)사상은 伯父(백부) 李一雨(이일우)와 母親(모친)의 가르침이 컸다. 1919년 3월 중학생이었던 尙火(상화)는 白基萬(백기만)과 함께 기미독립운동에 가담했으며 1927년에는 義烈團(의열단) 李鍾巖(이종암) 사건과 張鎭弘(장진홍) 조선은행 대구지점 폭탄투척과 관련돼 투옥 모진 고문을 당했다.

1922년 白潮同人(백조동인)으로 白潮(백조)에 18세 때 作品(작품)인 나의 寢室(침실)로를 발표 近代詩(근대시)의 새로운 章(장)을 열었으며 1926년에 開闢(개벽)에 발표한 民族(민족)의 비애와 강렬한 抗日(항일) 저항의식에 바탕한 尙火(상화)의 代表作(대표작) 빼앗긴 들에도 봄은 오는가는 가슴 깊이 남아 있게 한다. 1928·9년 純宗(순종) 임금 來邱記念恩賜館(래구기념은사관)인 民團所(민단소) 內(내) 勞動夜學院(노동야학원)에서 한글을 가르쳤으며 당시 거듭되는 가택수색으로 談交莊(담교장) 천정에 숨겨둔 古月(고월) 李章熙(이장희)의 遺稿(유고)와 尙火(상화)의 많은 원고가 압수 소각된 것은 우리문단의 큰 손실이요 통탄함이 아닐 수 없다. 嶠南學校(교남학교)에서 1940년까지 3년간 교편을 잡았던 그는 被壓迫民族(피압박민족)은 주먹이라도 굵어야 한다며 권투부를 창설·지도하기도 했다.

1943년 음력 3월 21일 祖國光復(조국광복)을 못 본 채 고난의 후유증으로 독립의 한을 안고 애통하게 永眠(영면)했다. 1948년 竹筍詩人會(죽순시인회)가 主軸(주축)이 되어 문단 최초의 尙火詩碑(상화시비)가 달성공원에 세워졌고 한국방송공사대구방송총국과 한국예총 대구시지회의 공동주최로 향토문화예술인들이 合心(합심)하여 그의 銅像(동상)이 이 자리에 서게 되었다.

1995년 8월 15일
석우 이윤수 짓고 이상일 조각하고 화촌 문영렬 쓰다

3.2 만포 최양해

두류공원 인물동산의 최양해 시비

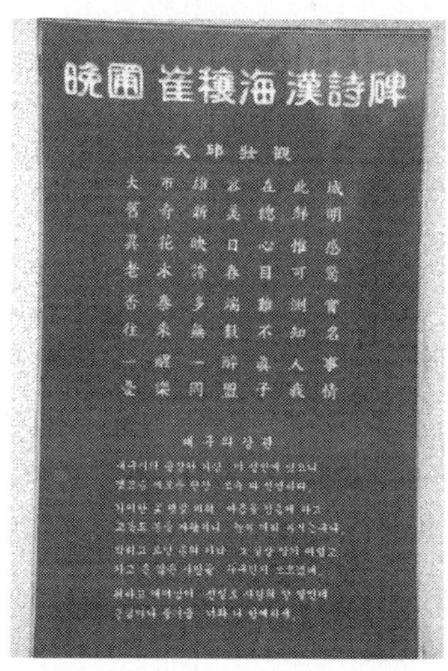

두류공원 인물동산의 최양해 시비 원문

아래는 최양해 시비의 비문이다.

만포(晚圃) 최양해(催穰海) 선생은 1897년 음력 8월 23일 경주시 손곡동 43번지에서 부 최현일(催鉉一), 모 김석촌(金石村)의 차남으로 태어났으니, 고운(孤雲) 최치원(催致遠)의 29세손이요, 가선대부 호조참판 최치덕(催致德)의 6세손이다.

선생은 유년 시절부터 한학(漢學)을 배워 사서오경을 통달했으며 숭조정신이 투철하였다.

1919년 23세 때 3·1운동에 참가하여 왜경(倭警)의 추적을 받아 피신해 오던 중 1940년 44세 때 창씨개명(創氏改名) 반대를 위해 집에 갔다가 체포되어 경주 경찰서에 수감되었으나, 문중에서 출옥토록 탄원하여 석방되었다.

1945년 조국 광복 후 대구에 거주하면서부터 대구·영남 시우회(大邱·嶺南 詩友會) 활동을 활발히 하여 대구(大邱)를 소재로 한 한시(漢詩)를 읊어 아름다운 대구 풍광(大邱風光)을 노래하였으니, 별세하기 전까지 한시 260여 수 중 대구를 소재(素材)로 한 시가 100여 수나 되는 업적을 남겼다.

1958년 62세 때 고운 최치원의 경학대장(經學隊仗)을 현토(懸吐)케 하고 발간하여 전국 도서관, 유림 등에 배포하였으니, 어려운 가정 형편에도 불구하고 후학의 경학 전수에 힘썼다.

1961년 65세 때 영남 시단 한시 예시에서의 1등 당선을 계기로 전국 한시회 및 유림 등에서 활약하여 대구를 빛낸 공적이 크며, 1967년 71세 때 계원필경집(桂苑筆耕集)과 경학대장을 합본 발간하여 학문 연구자료로 제공하였다.

선생은 일생 동안 한시 창작과 경학(經學) 전수에 힘쓰다가 1978년 9월 21일 82세로 대구시 남구 봉덕동 519번지에서 별세하였다.

선생이 가신 지 어언 22년!

대구가 낳은 한학자(漢學者)요, 한시대가(漢詩大家)였던 선생의 학문과 시 연구가 학계에서 활발히 전개되고 있는 이때, 선생을 기리는 이들의 뜻을 모아 여기 인물동산에 선생의 한시 한 수를 돌에 새겨 선생의 대구 사랑 정신을 길이 이어받고자 한다.

2001년 6월 23일
만포 최양해 한시비 건립 추진 위원회

3.3 목우 백기만

두류공원 인물동산의 백기만 시비

두류공원 인물동산의 백기만 시비 원문

두류공원 인물동산의 백기만 시비 비문

3.4 고월 이장희

두류공원 인물동산의 이장희 시비

두류공원 인물동산의 이장희 시비 원문

아래는 이장희 시비의 비문이다.

고월 이장희
古月 李章熙

1900 - 1929
고월 이장희는
20세기 들머리의 대구사람이라
곱고 낭만스러운 시와 씨를 뿌리다가
임의 백금실 같은 시를 기리고
외로운 얼을 달래며
시비를 세우나니
시인은 가도
시는 시공을 넘나드누나

1996년 11월 9일
검솔 여영택 짓고
홍강 이봉호 쓰고
고월 시비 건립위원회 세움

4. 국채보상운동기념공원 – 오솔길

국채보상운동은 1907년 대구에서 시작된 대표적인 민족운동이다. 전국적으로 나라를 지키려는 주인 정신에서 일어난 애국 운동으로, 남녀노소, 빈부귀천, 도시농촌 등을 초월하여 전 국민이 참여한 운동이었으며, 여성들이 열성적으로 참여한 첫 여성운동으로서도 의미가 깊다. 자발적 NGO 운동으로, IMF 극복을 위해 벌인 '금 모으기 운동' 등도 그 정신의 뿌리는 국채보상운동에 닿아 있다. 이러한 정신을 기리고 시민들의 휴식 공간을 마련하기 위해 지난 1999년 12월, 국채보상운동기념공원이 도심에 조성되었다.

공원에는 대구 시민의 얼과 기상을 온 누리에 전할 달구벌 대종이 있다. 또한 시민들의 솟대와 풍경, 조형 분수와 단풍 거리 등이 조성되어 시민들의 쉼터가 되고 있다. 이들과 함께 시상의 오솔길이 마련되었다. 이 오솔길을 따라 현대 시인들의 시비가 있다. 입구에서부터 아래의 순서대로 자리 잡고 있다.

1. 조지훈 시인의 <봉황수> 시비
2. 윤동주 시인의 <서시> 시비
3. 이육사 시인의 <청포도> 시비
4. 이호우 시인의 <달밤> 시비
5. 박목월 시인의 <사투리> 시비

조지훈 시인의 <봉황수> 시비

조지훈 시인의 <봉황수> 시 원문

윤동주 시인의 <서시> 시비

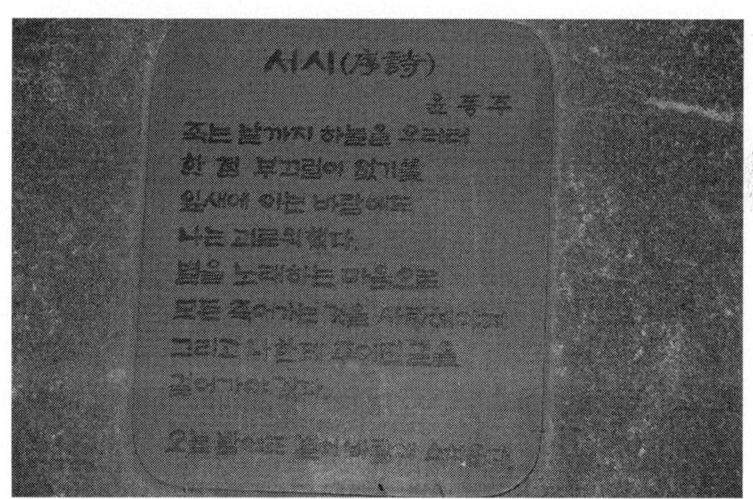

윤동주 시인의 <서시> 시 원문

이육사 시인의 <청포도> 시비

이육사 시인의 <청포도> 시 원문

이호우 시인의 <달밤> 시비

이호우 시인의 <달밤> 시 원문

박목월 시인의 <사투리> 시비

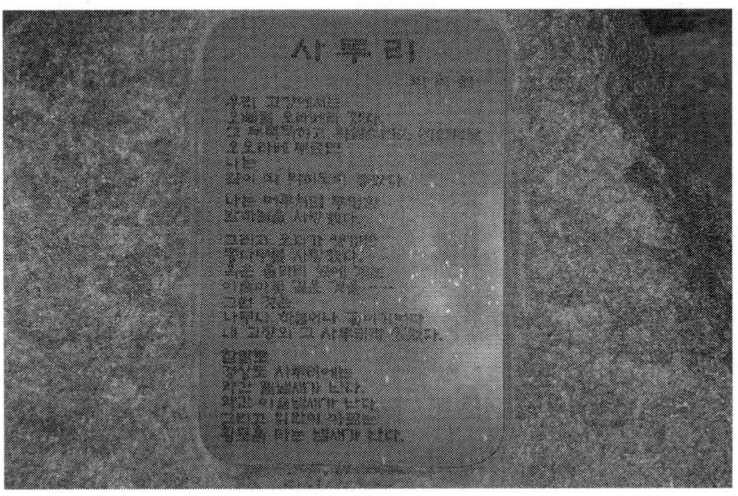

박목월 시인의 <사투리> 시 원문

찾아보기

1. 인명 · 지명 · 핵심어

(ㄱ)

2. 작품

3. 작품집·잡지

지현배

▌약력

- 경남 마산에서 태어나 남해 바다의 품에서 자랐고, 마산고등학교를 졸업하고, 국어선생님이 되고자 경북대학교 국어교육과에 진학했다.
- 『윤동주 시의 의식현상학적 연구』로 문학박사 학위를 취득하고, 「김춘수의 손」 등을 추천받아 『문학예술』을 통해 시인으로 등단했다.
- 경북대신문사 편집간사와 업무국장으로 일했고, 울산대학교, 안동대학교, 금오공과대학교, 대구교육대학교, 경북대학교 등에서 강의했다.

▌주요 저서

- 『실용 작문』(공저), 『한국의 언어와 문화』(공저), 『디지털 시대의 독서와 작문』, 『독서와 작문 커뮤니티』, 『국어 규범과 문장 연습』 등을 썼다.
- 한국 현대시 관련 분야를 공부하며 『윤동주 시의 세계』, 『시 읽기와 시 교육』, 『시 창작 강의』, 『윤동주 시 읽기』 등의 연구서를 출간했다.
- 지역문학에 관심을 가져 『근현대 대구지역 문학의 흐름과 특성』(공저), 『근현대 경북지역 문학의 흐름과 특성』(공저) 등의 책을 냈다.

대구경북 시인의코드

초판인쇄 | 2009년 12월 30일
초판발행 | 2009년 12월 30일

지 은 이 | 지현배
펴 낸 이 | 채종준
펴 낸 곳 | 한국학술정보㈜
주   소 | 경기도 파주시 교하읍 문발리 파주출판문화정보산업단지 513-5
전   화 | 031) 908-3181(대표)
팩   스 | 031) 908-3189
홈페이지 | http://www.kstudy.com
E-mail | 출판사업부 publish@kstudy.com
등   록 | 제일산-115호(2000. 6. 19)

ISBN   978-89-268-0694-4 93810   (Paper Book)
        978-89-268-0695-1 98810   (e-Book)